宋韵

诗词里的杭州

司马一民 著

西泠印社出版社

读懂“杭州宋韵”的别样途径

凌　雁

作为本书的第一位读者，我实在无法谢绝作者司马一民先生要我写序的要求，那就说几句读稿随感吧。

宋韵的涵盖面很广，我觉得最有“宋韵”感觉的是宋诗宋词，最有“杭州宋韵”感觉的是那些与杭州相关的宋诗宋词。要探究或者要展现杭州宋韵，解读那些与杭州相关的宋诗宋词，比较有意思。对于普通读者来说，要体会“杭州宋韵”，虽然有两宋的正史，却难免失于乏味，远不如宋诗宋词中反映的社会生活、个人情感来得生动有趣。因而解读那些与杭州相关的宋诗宋词，也许是读懂“杭州宋韵”的别样途径。读者可以通过阅读本书中《过端午节的十三间楼在哪里？》了解吃粽子之外的宋代杭州端午节，阅读《范仲淹两度拜访林和靖》了解范仲淹“先天下之忧而忧”的心路历程，阅读《王安石到过杭州哪些地方？》了解这位变法人物与杭州的渊源……

司马一民对与杭州相关的宋诗宋词的解读，也许不能说事事都史海钩沉，却也是事出有据，尽可能还原当时的社会生活场景。司马一民的写作，坚持不虚构、不演绎、不戏说，他认为可以把对历史想象的元素展现给读者，没有必要代替读者去对历史想象。对此，我非常认可。

2022年4月17日

目　录

钱塘风情

诗蕴情意

胜迹寻踪

钱塘风情

南宋杭州人过年有“三看”

南宋时杭州人怎样过年？

家人团聚，吃当然是第一位的。《武林旧事》《梦粱录》等书中就记载了两百多种食物，从蔬菜、水果到肉类，从腌制、凉拌到烧烤，光馒头就有寿带龟、子母龟、欢喜、捻尖、剪花、小蒸作、骆驼蹄、大学馒头、羊肉馒头九种。

会亲访友当然少不了。

还有，北宋王安石《元日》中描写的景象：

> 爆竹声中一岁除，春风送暖入屠苏。
> 千门万户曈曈日，总把新桃换旧符。

放爆竹在南宋都还保留着，“岁除爆仗……内藏药线，一爇连百余不绝”。其实，过年不仅仅是一个时间点，更是一个过程。从进入腊月开始，直到过了正月十五，年味才逐渐淡下去。南宋时，清河坊

（宋）佚名《四美图》

到众安桥店肆林立，还有不少娱乐场所“勾栏瓦肆”，过年时这一带非常热闹，南宋杭州人在这里有“三看”。

看戏

现在我们很难想象南宋杭州过年时的歌舞杂耍之盛，还是来看看古籍中的记载。

《武林旧事》载：“都城自旧岁冬孟驾回，则已有乘肩小女、鼓吹舞绾者数十队，以供贵邸豪家幕次之玩……自此以后，每夕皆然。三桥等处，客邸最盛，舞者往来最多。每夕楼灯初上，则箫鼓已纷然自献于下。酒边一笑，所费殊不多。往往至四鼓乃还。自此日盛一日。……或戏于小楼，以人为大影戏，儿童喧呼，终夕不绝。此类不可遽数也……翠帘销幕，绛烛笼纱，遍呈舞队，密拥歌姬，脆管清吭，新声交奏。戏具粉婴、鬻歌售艺者，纷然而集。”

这些描写反映了当时歌舞杂耍之盛。姜夔有四首《灯词》诗纪事，摘录两首：

其一

南陌东城尽舞儿，画金刺绣满罗衣。
也知爱惜春游夜，舞落银蟾不肯归。

其二

灯已阑珊月气寒，舞儿往往夜深还。
只因不尽婆娑意，更向街心弄影看。

虽然夜已深，但是这些从聚会上归来的舞者仍不尽兴，在街心灯影里尽情舞过，不会是“街舞”吧？姜夔描绘的场景仿佛生动地浮现在我们眼前。南宋词人吴文英（约1200—1260），字君特，号梦窗，四明（今浙江宁波）人。他的《玉楼春·京市舞女》描写得更加细腻：

茸茸狸帽遮梅额，金蝉罗翦胡衫窄。
乘肩争看小腰身，倦态强随闲鼓笛。
问称家在城东陌，欲买千金应不惜。
归来困顿殢春眠，犹梦婆娑斜趁拍。

这首词大意为：她们头戴细毛茸茸的狸皮帽子，遮掩着化着梅花妆的额角。把梅花瓣的纹样画在额上就是梅花妆。狸帽没有全掩额角，因此美丽的梅花妆仍隐约可见。她们穿着非常合体的薄如蝉翼的金色罗衫。有些幼小的舞女骑在大人肩上，那小蛮腰看上去特别婀娜。虽然看得出她们已经很疲倦，但她们还是不得不和着鼓笛的缓慢节拍，勉强表演。那些幼小的舞女的舞技实在精湛，所以词人归来后困倦入睡，在梦中还仿佛见到她们在婆娑起舞。

看 灯

正月十五闹花灯，这一个“闹”字，突出了灯会的热闹非凡。其实，南宋杭州正月里的花灯在十五之前就陆陆续续被点起，街上张灯结彩，只不过在正月十五那晚灯最多、人最多。

《西湖老人繁胜录》载：“清河坊至众安桥，沙戏灯、马骑灯、

（宋）佚名《歌乐图》（局部）

火铁灯、进馉架儿灯、象生鱼灯、一把蓬灯、海鲜灯、人物满堂红灯，灯火盈市。”

《武林旧事》载：“灯之品极多，每以苏灯为最：圈片大者，径三四尺，皆五色琉璃所成，山水、人物、花竹、翎毛，种种奇妙，俨然着色便面也。其后福州所进，则纯用白玉，晃耀夺目，如清冰玉壶，爽彻心目……又于殿堂梁栋窗户间为涌壁，作诸色故事，龙凤噀水，蜿蜒如生，遂为诸灯之冠。”

南宋词人辛弃疾在他的《青玉案·元夕》的前几句里是这样描述的：

东风夜放花千树，
更吹落、星如雨。
宝马雕车香满路，
凤箫声动，玉壶光转，
一夜鱼龙舞。

看　人

一是看美女。“公子王孙，五陵年少，更以纱笼喝道，将带佳人美女，遍地游赏。人都道玉漏频催，金鸡屡唱，兴犹未已。”二是会情人。男女借着看灯约会。

去年元夜时，花市灯如昼。
月上柳梢头，人约黄昏后。

今年元夜时，月与灯依旧。
不见去年人，泪湿春衫袖。

朱淑真这首《生查子·元夕》描写的是近千年前的杭州，一对男女约会于元夜。不知道这是朱淑真的自述，还是听闻，或者臆想，已无法考证。此诗读来伤感，而辛弃疾在《青玉案·元夕》中后几句的描述则很欢快：

众里寻他千百度，蓦然回首，
那人却在，灯火阑珊处。

火树银花，人头攒动，焦急地四处寻看，她（他）在哪里？寻觅了千百回都没有看见她（他）的身影，正失望之极，猛然回头，她（他）就在那里，于是狂喜地奔去相会。

真有意思！

河坊街大红灯笼高高挂

官巷口的“花市”“花灯”

去年元夜时，花市灯如昼。

月上柳梢头，人约黄昏后。

今年元夜时，月与灯依旧。

不见去年人，泪湿春衫袖。

元夜就是农历正月十五夜。正月十五是元宵节，也称上元节。这首《生查子·元夕》写的就是发生在元宵节之夜的故事。

对这首词，很多人并不陌生，可它在宋词中是一桩“千古公案”，至今未了，那就是《生查子·元夕》的作者是谁?

有两种说法，一说作者是欧阳修，另一说作者是朱淑真，两者都没有过硬的考证材料。说《生查子·元夕》的作者是欧阳修的人数量比较多，大概是因为他的名气比朱淑真大。我却愿意认定作者是朱淑真，也没有特别的理由，只因为她是杭州人，她写的是发生在杭州的故事。

现在的官巷口

朱淑真（约1135—约1180），号幽栖居士，钱塘（今浙江杭州）人，据传曾经住在杭州保康巷（现中山中路，即南宋御街）。朱淑真家境优裕，聪慧，能文善画，精晓音律，尤工诗词。据传她嫁给一个小吏，婚后生活很不如意，抑郁而终，著有《断肠诗集》《断肠词》。

这首《生查子·元夕》写的是近千年前的杭州，一对男女约会于元夜的场景和心情。男女主人公或曾邂逅于灯市，或早有密约，或私订终身，或未成眷属。词明白如话，不须解释。叙事是自述，还是听闻，或者臆想，已无法考证。我感兴趣的是，约会的时间是元夜，约会的地点在花市，场景是“灯如昼”。

南宋时的花市在杭州城的哪里呢？据《梦粱录》等记载，花市在官巷，即现在的官巷口一带（解放路与中山中路交叉口）。南宋以来，御街周边坊巷的格局变化不大。当时的官巷花市，不但出售花卉，而且售卖“花作”，“所聚奇异飞鸾走凤，七宝珠翠，首饰花朵，冠梳及锦绣罗帛，销金衣裙，描画领抹，极其工巧”。

南宋词人姜夔（约1155—约1209），字尧章，号白石道人，鄱阳（今属江西）人。他曾有诗记述花市：

贵客钩帘看御街，市中珍品一时来。
帘前花架无行路，不得金钱不肯回。

我们完全可以从诗中想象出当时摩肩接踵的闹市景象。

《梦粱录》载：“卖花者以马头竹篮盛之，歌叫于市，买者纷然。”官巷口花市除了有花卉、“花作”，正月里还有花灯，并且元

（南宋）李嵩《观灯图》

夜“灯如昼”。杭州人至今仍然说“正月十五闹花灯”，这是延续千年的说法。《武林旧事》载：“都城自旧岁冬孟驾回……而天街茶肆，渐已罗列灯球等求售，谓之‘灯市’。”刚入冬就开始准备过年，起步真早。

《梦粱录》载：“正月十五日元夕节……官巷口、苏家巷二十四家傀儡（木偶戏），衣装鲜丽，细旦戴花朵披肩、珠翠冠儿，腰肢纤袅，宛若妇人……更兼家家灯火，处处管弦，如清河坊蒋检阅家，奇茶异汤，随索随应，点月色大泡灯，光辉满屋，过者莫不驻足而观。及新开门里牛羊司前，有内侍蒋苑使家，虽曰小小宅院，然装点亭台，悬挂玉栅，异巧华灯，珠帘低下，笙歌并作，游人玩赏，不忍舍去……又有深坊小巷，绣额珠帘，巧制新装，竞夸华丽。公子王孙，五陵年少，更以纱笼喝道，将带佳人美女，遍地游赏。人都道玉漏频催，金鸡屡唱，兴犹未已。甚至饮酒醺醺，倩人扶着，堕翠遗簪，难以枚举。”

一夜狂欢之后，金钗呀、耳坠呀，能在地上随便捡到。想象一下，南宋时“正月十五闹花灯”是怎样一幅热闹的景象！

朱淑真还有一首诗《元夜》：

火烛银花触目红，揭天吹鼓闹春风。
新欢入手愁忙里，旧事惊心忆梦中。
但愿暂成人缱绻，不妨常任月朦胧。
赏灯那得工夫醉，未必明年此会同。

这首诗不但记叙了“正月十五闹花灯”的场景，而且抒发了她“旧事惊心忆梦中”的感慨。这首诗与词《生查子·元夕》相互映衬，也从另一面说明诗与词是同一个作者。

描写官巷口“花市灯如昼”和杭州城里“正月十五闹花灯”的还有一位名家，那就是南宋辛弃疾。他的《青玉案·元夕》，灵动，洒脱：

东风夜放花千树，
更吹落、星如雨。
宝马雕车香满路，
凤箫声动，玉壶光转，
一夜鱼龙舞。
蛾儿雪柳黄金缕，
笑语盈盈暗香去。
众里寻他千百度，
蓦然回首，
那人却在，灯火阑珊处。

农历正月十五日为上元节，即元宵节，此夜称元夕或元夜。花千树，花灯之多如千树开花。星如雨，指焰火纷纷，乱落如雨。宝马雕车，豪华的马车。玉壶，指明月。鱼龙舞，指舞动鱼形、龙形的彩灯。蛾儿、雪柳、黄金缕，指的是女人的头饰。盈盈，声音轻盈悦耳。暗香，脂粉香气。千百度，千百遍。阑珊，零落稀疏。

这首词大意为：元宵节的夜晚千万盏华灯一起被点亮，如同东风吹开了千树的花朵。天空中，焰火四溅，像是被吹落的流星雨。华丽的马车行驶在路上，香气飘溢。凤箫吹奏的乐曲在人群之中与流转的

（宋）佚名《歌乐图》（局部）

月光互相交错，各种花灯不停地飞舞。一群群美人头戴漂亮的饰物，身上穿着五彩斑斓的衣服。她们一边走一边低声说着私房话，所到之处，飘来淡淡的香气。千百次寻找那个相约的人，都没有找到，不经意间一回头，却看见她（他）站在灯火忽明忽暗之处。

这首词作于南宋淳熙元年（1174）或二年（1175），既写出了正月十五的晚上，满城灯火，人们尽情狂欢的景象，又写出了“元夕”时一对意中人约会的场景。

辛弃疾的词虽然以豪放闻名，但这首词非常婉约，千古传诵。细细体味，写景写人写心，绝了。

后人联系到当时强敌压境，而南宋朝廷甘于偏安，沉湎于歌舞享乐之中，认为辛弃疾可能感到报国无门，把这种情绪曲折地写入了词中。

这也是一种解读。

孩儿巷里有杏花吗？

在淅淅沥沥的春雨中穿行于孩儿巷，经过陆游纪念馆时，忽然想到了杏花。

孩儿巷，杭州城里的一条老巷，东连中山北路，并与仙林桥直街相对；西接延安路，并与武林路南段连接。看起来是一条很平常的巷子，但是，如果你了解它的来历，就会觉得不平常了。因为八百多年前的一首“卖花歌”，孩儿巷出了名，并流传后世。北宋时，孩儿巷叫保和坊砖街巷。南宋时，巷内多泥孩儿铺，故又名泥孩儿巷，后来省略了一个“泥”字，就叫孩儿巷，一直延续至今。

为什么会想到杏花？

南宋诗人陆游于淳熙十三年（1186）住在孩儿巷时写过一首诗——《临安春雨初霁》。让我们先来吟诵这首诗：

世味年来薄似纱，谁令骑马客京华？
小楼一夜听春雨，深巷明朝卖杏花。

矮纸斜行闲作草，晴窗细乳戏分茶。
素衣莫起风尘叹，犹及清明可到家。

霁，雨后或雪后转晴。矮纸，裁短的纸。草，草书。细乳，沏茶时水面呈白色的小泡沫。分茶，一种茶戏，沸水注入茶碗后，用箸搅茶乳，使茶水波纹变成各种形状。

这首诗大意为：近年来我对入世做官的兴趣已淡薄如纱，为什么我还骑了马到京城来，过这客居寂寞与无聊的生活呢？在小楼里听了一夜的春雨，而明天早上巷子里就会有人叫卖杏花。我无聊地在裁短的纸上斜写着草书，还在窗前玩分茶游戏。不要慨叹洁白的衣服已被京师的尘土弄脏，我还来得及在清明节前回到清静的家。

其中，"小楼一夜听春雨，深巷明朝卖杏花"两句，既朗朗上口，又绘声绘色，流传甚广。可见绝妙好文原来简单至绝，这正是写诗作文的极高境界。

有人说，这首诗中的"小楼"一联，典型地表现了江南二月的都市之春。小楼听雨，深巷卖花，形象生动，富于韵味。还有人说，这一联不着意于对偶，十四个字一气贯注，自然圆转，常受人称道。另有人说，"小楼"一联语言清新隽永，写得形象而有深致，虽然用了比较明快的字眼，但用意还是要表达自己的郁闷与惆怅……见仁见智。传说这两句诗后来传入宫中，深为宋孝宗所称赏，可见一时传诵之广。

其实，陆游写这首《临安春雨初霁》，并非为了写出什么名句，而是为了排遣自己的情感，写出他当时的心境。淳熙十三年（1186），他已六十二岁，在家乡山阴（今浙江绍兴）赋闲了五年。

杏花

虽然他光复中原的壮志未衰，但对偏安一隅的南宋朝廷颇感无奈。这一年春天，陆游又被起用为严州知州。赴任之前，他先去都城临安觐见皇帝，住在孩儿巷里等候召见，写下了这首名作。

无事而作草书，晴窗下品着清茗，表面上看，闲适恬静，然而在这背后，正藏着诗人无限的感慨与牢骚。陆游有着收复中原的宏愿，而严州知州的职位与他的志向不合，他颇感报国无门。中原沦陷，久未收复，诗人却在写写草书、品品茶中消磨时光，还不如回乡躬耕。他按捺不住心头的怨愤，写下了结尾两句："素衣莫起风尘叹，犹及清明可到家。"

杭州是陆游当年常来常往的地方。到了杭州，他曾住在孩儿巷

（砖街巷）也是有事实可考的。陆游在《跋松陵集（三）》中云："淳熙十六年四月二十六日，车驾幸景灵宫。予以礼部郎兼膳部检察，赐公卿食……时寓砖街巷街南小宅之南楼。"可见当时陆游确实住在孩儿巷。另外，陆游还有《夜归砖街巷书事》纪事：

近坊灯火如昼明，十里东风吹市声。
远坊寂寂门尽闭，只有烟月无人行。
谁家小楼歌恼侬，余响缥缈萦帘栊。
苦心自古乏真赏，此恨略与吾曹同。
归来空斋卧凄冷，灯前病骨巉巉影。
独吟古调遣谁听，聊与梅花分夜永。

孩儿巷

坊，街坊。明代田汝成《西湖游览志》：“自观桥而南至众安桥，其街之东为怀远坊、安国坊、延定坊，西为保和坊、纯礼坊、澄清坊……保和坊俗称砖街巷。”

这首诗作于淳熙十六年（1189）初春，陆游六十四岁，住在杭州砖街巷。上一年十一月，陆游“再召入见，上曰：‘卿笔力回斡甚善，非他人可及。’除军器少监”（《宋史·陆游传》）。虽然受朝廷重用，但陆游收复中原壮志难酬，居住于闹市却感到寂寞，听歌更激起烦闷情绪，在凄冷的空斋里，只有独自借梅花以寄情。

八百多年来，因为陆游的《临安春雨初霁》，孩儿巷这条杭州城里的小巷出名了，以致近年有了“孩儿巷陆游故居之争”。2004年，孩儿巷改造时，有人反对拆除98号老建筑，认为此处是陆游故居，提出把孩儿巷98号辟为“陆游纪念馆”，介绍陆游在杭州生活和活动的情况，以纪念这位伟大的诗人，让杭州多一处人文景观。另有专家反对，理由是陆游第四次来杭时，确实居住在孩儿巷之南，但现在的孩儿巷98号在巷子的北侧。文献上记载陆游住过的是一座“小宅”，而孩儿巷98号则是一座前后多进的大宅院，如果就凭陆游曾在孩儿巷居住过而草率地

陆游纪念馆

陆游纪念馆内景

将孩儿巷98号称为“陆游纪念馆”实在是张冠李戴。其实，南宋的建筑，现在在杭州地面上已经不复存在了。后来经专家认定，孩儿巷98号是著名的清代古宅，虽然不是陆游的故居，但陆游多次来杭都住在孩儿巷，而且98号是至今所发现的最有历史风貌的孩儿巷建筑，因此专家认为它是陆游纪念馆的首选。虽然陆游未必住过这个古宅，但毕竟陆游在孩儿巷居住过，有了这个渊源，为陆游设个纪念馆，也顺理成章。纪念馆不等于故居，陆游是否住过孩儿巷98号已经不再重要，重要的是在这条巷子里，曾经有位诗人，留下了千古传唱的“卖花歌”。

“小楼一夜听春雨，深巷明朝卖杏花”的诗句，让无数人对陆游笔下的深巷小楼心向往之。但往事越千年，经历了沧海桑田，今天我们已经不可能看到陆游当年居住过的“小楼”和“近坊灯火如昼明，十里东风吹市声”的景象了。然而，陆游依然是杭州人的骄傲，因为有他的诗文在。顺便提醒一下，在撰写介绍陆游纪念馆的文章时，千万别有“陆游曾居住于此”的文字，这是对杭州的尊重，更是对陆游的尊重。

过端午节的十三间楼在哪里？

我们先来读一首与端午相关的词——苏东坡的《南歌子·杭州端午》（也有写作《南歌子·游赏》的）：

山与歌眉敛，波同醉眼流。
游人都上十三楼。
不羡竹西歌吹、古扬州。
菰黍连昌歜，琼彝倒玉舟。
谁家水调唱歌头。
声绕碧山飞去、晚云留。

元祐四年（1089），苏东坡再到杭州为官，这回做的官是知州。次年端午节时，苏东坡与朋友在杭州十三楼游赏，这首词描写了他们游赏的情景，当然也有东坡先生的联想和感受。

十三楼，宋代杭州的一处名胜。竹西，即竹西亭，唐代扬州的名

北山路，进此门上台阶可见大佛半身

胜，《舆地纪胜》“扬州竹西亭在北门外五里”，得名于杜牧《题扬州禅智寺》的“谁知竹西路，歌吹是扬州”。菰黍，用茭白叶裹的粽子。昌歜，腌过的菖蒲嫩茎。琼彝、玉舟，玉制的酒器。

这首词的大意为：青山如同歌女的眉毛那样，清澈的碧波就像醉酒人游离的眼光。游人都喜欢去十三楼赏玩，不再羡慕古扬州那个笙歌悠扬的竹西亭。吃着粽子和昌歜，喝着从玉壶里倒出来的美酒。是谁唱起了“水调歌头”？歌声环绕青山似乎要飞去，晚霞急忙过去将它留住。

这首词，通过写物，点出了时令端午；写景不刻意，又有湖光山

大佛像遗迹

色之美；写人很随意，又含宴饮之乐；尤其是把景与人融合起来写，达到了人与自然的和谐。

欣赏完了这首词，有两点值得再探究一下：第一，十三楼在哪里？第二，宋代杭州人怎样过端午？

我们先来说说“十三楼”。

南宋周淙乾道年间撰写的《乾道临安志》卷二有这样的记载：“楼：十三间楼，去钱塘门二里许，苏轼治杭日，多治事于此。废。”

成书于南宋淳祐十二年（1252），施谔撰写的《淳祐临安志》卷六也有记载：“楼观：十三间楼，去钱塘门二里许，苏公轼治杭日，多治事于此。今为相严院，在大佛头缆船石山后。”卷九：“诸石：秦王缆船石，在钱塘门外，昔秦始皇东游泛海，舣舟于此。陆羽《武林山记》云：‘自钱塘门至秦王缆船石，俗呼西石头。’北关僧思净，刻大石佛于此。旧传西湖本通海，东至沙河塘，向南一岸皆大江也。故始皇缆舟于此。”

南宋周密（1232—1298）撰写的《武林旧事》卷五《湖山胜概》同样有类似的记载：“十三间楼相严院，旧名‘十三间楼石佛院’。东坡守杭日，每治事于此。有冠胜轩、雨亦奇轩。大石佛院，旧传为秦始皇缆船石，俗名‘西石头’。宣和中，僧思净就石镌成大佛半身。或云下通海眼。”

梳理这三则记载可以得出这样一些信息：

一是苏东坡词中的“十三楼”即“十三间楼”，省略一个“间”字可能是为了符合《南歌子》的句式。

二是“苏轼治杭日，多治事于此”，苏东坡在杭州为官时经常去十三间楼。“治事”两个字有点费解，是否可以把“治事”理解为处理公务？而且还“多”（经常）？莫非东坡先生习惯在风景宜人处处理公务？如此潇洒，很有可能。苏东坡弟子秦观有一首诗《东坡守杭》，似乎就记叙了苏东坡处理公务的情形：

十里荷花菡萏初，我公所至有西湖。
欲将公事湖中了，见说官闲事亦无。

“欲将公事湖中了”说的就是在西湖风景区内或船上或亭中，苏东坡轻轻松松就处理完了公务。以此推断，苏东坡经常在十三间楼处理公务，完全有可能。在哪里办公不重要，重要的是把公务处理好。

三是“十三间楼，去钱塘门二里许”，即十三间楼离钱塘门不远。具体位置在哪里？“十三间楼相严院，旧名‘十三间楼石佛院’……大石佛院，旧传为秦始皇缆船石，俗名‘西石头’。宣和中，僧思净就石镌成大佛半身。或云下通海眼。”可知十三间楼在大石佛院内。“秦始皇缆船石”，即宝石山的“秦皇系缆石”。“大石佛院”即大佛禅寺，俗称大石佛院，以有大石佛而闻名，在宝石山南麓。后周显德三年（956），吴越国王钱弘俶始建此寺，时称妙行寺。宋宣和元年（1119）寺毁。苏东坡在杭州写这首《南歌子》时，十三间楼应当还在妙行寺内或者附近。据传宋时有位姓喻的小孩子，游览西湖时见到“秦皇缆船石”，便立誓要刻石成佛。长大后便在妙行寺出家，法名思净。他年复一年在寺旁缆船石上凿石，宋宣和六年（1124），缆船石被刻成高达5米的大佛半身像。不久思净无疾而化。元至元年间（1335—1340），寺殿被焚。明永乐年间（1403—

大佛在此屋后面

1424），志琳法师重建寺院，明成祖赐寺额为“大佛禅寺”。清咸丰年间（1851—1861）寺毁，僧海萍重建。光绪年间（1875—1908），僧醒彻在石佛西建弥勒佛殿，并在大悲阁遗址建祖堂、僧房。

由北山路23号上几十级石阶，在长满古树、藤蔓、灌木、荒草的石谷中，有块巨石矗立其间，这就是当年的“秦皇系缆石”，又称大佛头，旁边有“杭州市市级文物保护单位”的石碑。现有部分古建筑（如乾隆御诗碑等）镶嵌在墙壁上。

这些都是后话了。

四是十三间楼不是单独一座楼，在苏东坡任杭州知州时这里是个景区，里面“有冠胜轩”“雨亦奇轩”等景点，很可能还有其他景点，所以才会“游人都上十三楼”，游客众多。

五是“废”，指的是南宋时，十三间楼这个景区已废弃或不存在了。

回过头来我们再来说说宋代杭州人怎样过端午。

《武林旧事》卷三《端午》的记载以宫廷官宦为主：

> 先期学士院供帖子，如春日禁中排当，例用朔日，谓之“端一”。或传旧京亦然。插食盘架，设天师、艾虎，意思山子数十座，五色蒲丝、百草霜，以大合三层，饰以珠翠、葵、榴、艾花。蜈蚣、蛇、蝎、蜥蜴等，谓之“毒虫”。及作糖霜韵果，糖蜜巧粽，极其精巧。又以大金瓶数十，遍插葵、榴、栀子花，环绕殿阁。及分赐后妃、诸阁、大珰、近侍翠叶、五色葵榴、金丝翠扇、真珠百索、钗符、经筒、香囊、软香龙涎佩带，及紫练、白葛、红蕉之类。

大臣贵邸，均被细葛、香罗、蒲丝、艾朵、彩团、巧粽之赐。而外邸节物，大率效尤焉。巧粽之品不一，至结为楼台舫辂。又以青罗作赤口白舌帖子，与艾人并悬门楣，以为禳禬。道宫法院，多送佩带符箓。

而市人门首，各设大盆，杂植艾蒲葵花，上挂五色纸钱，排饤果粽。虽贫者亦然。湖中是日游舫亦盛，盖迤逦炎暑，宴游渐稀故也。俗以是日为马本命，凡御厩邸第上乘，悉用五彩为鬃尾之饰，奇鞯宝辔，充满道途，亦可观玩也。

《梦粱录》卷三《五月》的记载则侧重民间：

仲夏一日，禁中赐宰执以下公服罗衫。五日重午节，又曰“浴兰令节”，内司意思局以红纱彩金盝子，以菖蒲或通草雕刻天师驭虎像于中，四围以五色染菖蒲悬围于左右。又雕刻生百虫铺于上，却以葵、榴、艾叶、花朵簇拥。内更以百索彩线、细巧镂金花朵，及银样鼓儿、糖蜜韵果、巧粽、五色珠儿结成经筒符袋，御书葵榴画扇、艾虎、纱匹段，分赐诸阁分、宰执、亲王。兼之诸宫观亦以经筒、符袋、灵符、卷轴、巧粽、夏桔等送馈贵宦之家。

如市井看经道流，亦以分遗施主家。所谓经筒、符袋者，盖因《抱朴子》问辟五兵之道，以五月午日佩赤灵符挂心前，今以钗符佩带，即此意也。

杭都风俗，自初一日至端午日，家家买桃、柳、葵、榴、蒲叶、伏道，又并市茭、粽、五色水团、时果、五色瘟纸，当门

北山路，由此上可见大佛头

供养。自隔宿及五更，沿门唱卖声，满街不绝。以艾与百草缚成天师，悬于门额上，或悬虎头白泽。或士宦等家以生朱于午时书“五月五日天中节，赤口白舌尽消灭”之句。此日采百草或修制药品，以为辟瘟疾等用，藏之果有灵验。杭城人不论大小之家，焚烧午香一月，不知出何文典。其日正是葵榴斗艳，栀艾争香，角黍包金，菖蒲切玉，以酬佳景。不特富家巨室为然，虽贫乏之人，亦且对时行乐也。

这两则记载告诉我们，在宋代，端午是个重要的节日，其间的活动，既有祭祀的成分，也与驱邪防毒虫侵害有关，还有就是享乐了。

“与艾人并悬门楣，以为禳禬”，禳禬指古代为消灾除病而举行的祭祀。“五日重午节，又曰‘浴兰令节’，内司意思局以红纱彩金盝子，以菖蒲或通草雕刻天师驭虎像于中，四围以五色染菖蒲悬围于左右。又雕刻生百虫铺于上，却以葵、榴、艾叶、花朵簇拥。”“以艾与百草缚成天师，悬于门额上，或悬虎头白泽。”“市人门首，各设大盆，杂植艾蒲葵花，上挂五色纸钱，排钉果粽。虽贫者亦然。”说明，无论是宫廷还是民间，菖蒲、艾草作为驱邪防毒的用品被普遍采用。人们还在身上挂香袋、挂驱邪消灾符，“以五月午日佩赤灵符挂心前”。过节当然还少不了吃，不但吃粽子，而且吃“五色水团、时果”等。

在宋代，端午“其日正是葵榴斗艳，栀艾争香，角黍包金，菖蒲切玉，以酬佳景。不特富家巨室为然，虽贫乏之人，亦且对时行乐也”，这与纪念屈原似乎没有什么关系。

杨万里在哪里赏荷?

800多年来，西湖荷花盛开时节，杭州人都会随口吟诵杨万里的《晓出净慈寺送林子方》：

毕竟西湖六月中，风光不与四时同。
接天莲叶无穷碧，映日荷花别样红。

这首诗大凡杭州人都会背诵，实景素描，明白如话又朗朗上口。但是，很多人也许不知道，林子方何许人也，林子方要去哪里，杨万里为何要送林子方。不知道杨万里同时写的同题诗还有一首。

杨万里（1127—1206），字廷秀，号诚斋，吉州吉水（今属江西）人，曾任秘书少监等职。林子方，莆田人，曾任直阁秘书（给皇帝草拟诏书）。杨万里是林子方的上司，两人经常议论时事，切磋诗词，成为知己。

杨万里淳熙十四年（1187）任秘书少监，淳熙十五年（1188）被

净慈寺

遣外任，杨万里和林子方的上下级同事关系的时间应该是在这两年，《晓出净慈寺送林子方》就是在这期间作的。林子方出任福州知州，杨万里为他送行，留下了千古传诵的名篇《晓出净慈寺送林子方》。另外，杨万里还有《送林子方直阁秘书将漕闽部》三首，可见两人相交之深。

从诗题看，杨万里和林子方应该是前一晚住在净慈寺内的。净慈寺是杭州名刹，颇受皇家看重，宋代时的官宦、文人多与净慈寺僧人交往，杨万里和林子方借宿于僧房也就不奇怪了。很可能这一晚，二人煮茗秉烛，彻夜长谈，只是我们无法知道一晚上他们都聊了些什么。东方初晓，二人悄然离开净慈寺。

我猜想《晓出净慈寺送林子方》是送行路上杨万里口占的。我们先来读第一首诗：

> 出得西湖月尚残，荷花荡里柳行间。
> 红香世界清凉国，行了南山却北山。

这首诗基本上是“记叙文”，送行途中实录，点出了出发的时间、路上所见的景物、行走的路线。从净慈寺所在的南山到西湖北面的北山区域，距离不短，经过清香四溢的荷花荡，穿过行行柳树，可能行走、乘船兼而有之。长长的送行路，反映了两人的情谊。

第二首诗，单独看，是一首咏荷诗：

> 毕竟西湖六月中，风光不与四时同。
> 接天莲叶无穷碧，映日荷花别样红。

孤山远眺

把它与前一首诗联系起来读，就会觉得，诗人通过描写六月西湖的美丽景色，曲折地表达对林子方的依依惜别之情。当然，诗句描绘了在一片广袤的碧绿之中那红得“别样”、娇艳迷人的荷花，将六月天西湖与平时截然不同的绮丽风光，写得十分传神，既意韵生动，又凝练含蓄，难怪会成为千古传诵的名篇。

也有人以为杨万里写此诗是为了劝林子方留在杭州，在皇帝身边有更好的发展机会，可这话又不能挑明了，于是就写了这首诗送给他，林子方并没读懂诗中暗含的玄机，还是去福州上任了。这样的意会恐怕不通。圣命难违，就算林子方心里不愿意去福州不还得勉强去么？杨万里久居官场，又岂会鼓动林子方对已经下达的圣命违拗？

历来写西湖景物的诗词据说有两千多首，在众多的诗词中，不乏名句，但杨万里“接天莲叶无穷碧，映日荷花别样红”这两句诗传诵特别广，大约也只有苏东坡的“欲把西湖比西子，淡妆浓抹总相宜”（《饮湖上初晴后雨》）可以与其相媲美了。

可见好的诗，真称得上千古绝唱的，都是跃然纸上，明白如话，朗朗上口，这与吟诵者读书多少没有关系，与年龄大小也没有关系。

杨万里写过多少西湖咏荷诗？有人统计过，有三十多首，也许还不止呢。

那么，杨万里在哪里赏荷呢？

淳熙十二年（1185），大司成颜几圣邀请杨万里和朋友泛舟绕孤山赏荷花，五十九岁的杨万里诗兴大发，一口气写了十首咏荷诗——《大司成颜几圣率同舍招游裴园，泛舟绕孤山赏荷花，晚泊玉壶，得十绝句》：

其一

凤城鱼钥晓开银，国子先生领缙绅。

山水光中金凿落，芙蕖香里葛头巾。

其二

少步深登野寺幽，古松将影入茶瓯。

铃声忽起九天半，有塔危峰最上头。

其三

岸岸园亭傍水滨，裴园飞入水心横。

旁人莫问游何许，只拣荷花闹处行。

其四

船开便与世尘疏，飘若乘风度太虚。

坐上偶然遗饼饵，波间无数出龟鱼。

其五

西湖旧属野人家，今属天家不属他。

水月亭前且杨柳，集芳园下尽荷花。

其六

小泛西湖六月船，船中人即水中仙。

外铺云锦千弓地，中度琉璃百折天。

其七

城中担上买莲房，未抵西湖泛野航。

旋折荷花剥莲子，露为风味月为香。

其八

故人京尹剧风流，走送厨珍佐胜游。

青李来禽沉冰雪，黄金白璧斫蝤蛑。

其九

人间暑气正如炊，上了湖船便不知。

湖上四时无不好，就中最说藕花时。

其十

游尽西湖赏尽莲，玉壶落日泊楼船。

莫嫌当处荷花少，剩展湖光几镜天。

从这十首诗里我们可以读出这样一些信息：一是“泛舟绕孤山赏荷花”，可知800多年前除了九里松附近的十里荷花之外，当时孤山四周也是荷花遍布，芳香四溢。二是“芙蕖香里葛头巾”，描写出了西湖船娘的采莲状态。三是“只拣荷花闹处行”，一个“闹”字，写出荷花盛开处游船众多。四是“集芳园下尽荷花”，有个叫集芳园的地方开遍了荷花。五是“旋折荷花剥莲子”，很可能从西湖船娘那里买来莲子，游客们一边在湖上赏荷，一边剥莲子吃，新鲜的莲子略带一点甜味，清香扑鼻。六是“游尽西湖赏尽莲”，可见杨万里最爱西湖荷花，过了季节没了荷花，就认为“游尽”了西湖。

杨万里还有两首以“小池”为题的咏荷诗也很有兴味：

小池

泉眼无声惜细流，树阴照水爱晴柔。

小荷才露尖尖角，早有蜻蜓立上头。

泉眼悄然无声是因舍不得细细的水流，树荫倒映水面是喜爱晴天和风的轻柔，娇嫩的小荷苞刚从水面露出尖尖的角，就有一只小蜻蜓

荷

荷花

立在它的上头四处张望。

杨万里描绘了充满情趣的场景，把大自然中极平常的细小事物写得相亲相依，和谐一体，活泼自然，通俗明快。树木、小荷、小池，色彩丰富，还有明亮的阳光、深绿的树荫、翠绿的小荷、鲜活的蜻蜓、清亮的泉水，画面感非常强，真是诗中有画。

小池荷叶雨声

午梦西湖泛烟水，画船撑入荷花底。
雨声一阵打疏蓬，惊开睡眼初蒙松。
乃是池荷跳急雨，散了真珠又还聚。
幸然聚作水银泓，泻入清波无觅处。

这首诗写的是雨中赏荷，泛舟西湖，午间睡眼蒙眬，正欲入睡，密集的雨点打在荷叶上惊醒了诗人的清梦；雨点像一把把珍珠洒在荷叶上，雨水集聚使得荷叶上滚动的水珠像晶莹的水银一样泻入西湖中。在众多的西湖咏荷诗中，这首诗别有一番兴味。

杨万里的咏荷诗也不都是欢乐、兴致盎然、清新的，这首《感兴》就寄托着对国事的忧愁：

去国还家一岁阴，凤山锦水更登临。
别来蛮触几百战，险尽山川多少心。
何似闲人无藉在，不妨冷眼看升沉。
荷花正闹莲蓬嫩，月下松醪且满斟。

“别来蛮触几百战，险尽山川多少心”，北望中原，山河破碎，收复无望，战事连年，即便西湖“荷花正闹莲蓬嫩”，诗人还是忧心忡忡，借酒浇愁。

李清照病中桂花吟

在杭州的桂花季，李清照写过一首词《摊破浣溪沙》：

病起萧萧两鬓华，卧看残月上窗纱。
豆蔻连梢煎熟水，莫分茶。
枕上诗书闲处好，门前风景雨来佳。
终日向人多酝藉，木犀花。

这首词的大意为：病后已经稀疏的两鬓又添白发了，无力外出，只能躺在床上透过窗纱看看残月。用沸腾的汤水煎豆蔻，没有兴致作分茶。靠在枕上读书算是一种闲适，以为门前的景色因为下雨而比平时好看。整日默默陪伴着我的，只有那窗前的木樨花（桂花）。

李清照（1084—1155），号易安居士，山东济南章丘人，宋代著名词人，曾有《易安居士文集》《易安词》，已散佚，后人有《漱玉词》辑本。

李清照的这首《摊破浣溪沙》写于五十岁左右，宋室南迁之后。这首词写她病后的生活状态，纪事写实，用词平白，也没有用典故，与她以前的词作风格有很大不同，这大概与她当时的境遇和心情相关，以致有人认为这不是李清照的作品。

关于李清照，很多人对她在宋室南渡之前的生活状况比较了解：生于官宦之家，嫁与门当户对的赵明诚，尤其是她与赵明诚婚后琴瑟之和，醉心于诗书和金石收藏，生活优裕，神仙眷侣，让人羡慕。

宋室南渡之后李清照的生活变故极大，先是赵明诚病故，后为避战乱，她携带重要收藏品，追随宋高宗赵构仓皇逃往台州、越州、明州、温州等地，许多收藏品被盗，兵荒马乱，其间的惊恐与艰苦可想而知。

绍兴二年（1132），李清照到了杭州，虽结束颠沛流离的逃亡生活，但孤独无依，此时监诸军审计

清照亭

金桂

司官吏张汝舟百般讨好李清照，很快李清照就嫁给了张汝舟。其实张汝舟迎娶李清照，是听说她有珍贵的古文物收藏。婚后张汝舟发现李清照并无多少财物，大失所望，经常恶语相加，甚至挥拳殴打，李清照难以容忍。后来李清照发现张汝舟有骗取官职的行径，就向官府举报，并要求离婚。当年秋，经查属实，张汝舟被撤职，官府准予李清照离婚。

我推测，南渡以来原本身心疲惫，再经此番折腾，很可能此时李清照病了一场。《摊破浣溪沙·病起萧萧两鬓华》就是在这样的背景下写的。经历过种种磨难，甚至死里逃生，这个时候面对桂花李清照会是什么心态？还可能像早年在济南、在汴京、在建康那样安逸闲致？当然不可能。

李清照早年曾写过一首《鹧鸪天·桂花》：

暗淡轻黄体性柔。情疏迹远只香留。
何须浅碧轻红色，自是花中第一流。
梅定妒，菊应羞。画阑开处冠中秋。
骚人可煞无情思，何事当年不见收。

这首词的大意为：淡黄色的桂花，轻盈柔弱，并不特别鲜艳。虽不让人惊艳，却远远地给人送去淡淡的幽香。桂花不需要像名花那样姹紫嫣红，但在百花中属于第一流。梅花妒忌桂花，菊花感到羞愧。桂花是众多的秋季名花之冠。可惜屈原对桂花了解不深，不然，他在《离骚》中赞美那么多花，为什么没有提到桂花呢？

同样是写桂花，这首《鹧鸪天·桂花》读来就是另外一种味道，可见心境不同，眼前的桂花也被李清照寄托了不同的情感。

李清照从绍兴二年（1132）春天到杭州，二十年间数度来往于金华与杭州，很好奇她到杭州居住在哪里？

一说她住在清波门一带，未见可以实证的史料。南宋时，清波门一带离皇宫很近，离天街也很近，属于闹市区吧，房租一定不低，她能居住在清波门一带，至少日子还过得去。因了这个缘故，2002年，杭州在清波门柳浪闻莺公园内水杉林小溪边建了一座清照亭，纪念这位命途多舛的才女。清照亭柱有楹联“清高才女，流离词客；照灼文坛，点染湖风”，交代了李清照的经历、创作和在词坛的地位，不过，“点染湖风”似乎不确切，她在杭州没有写过一首与西湖相关的诗词，可以说与西湖没有什么关系。这个年纪的李清照恐怕完全没有

丹

了风花雪月的心境，也难怪，而赋诗填词咏西湖，多少会与风花雪月相关的。

还有一说她住在马塍路一带，也未见可以实证的史料。现在的马塍路因马塍而得名。马塍在哪里？《淳祐临安志》载："今北关门，古之余杭门，外城也。原自有北关门，今有夹城巷，乃古基也，地与马塍相接。"《咸淳临安志》也有相关的记载："东西马塍，在余杭门外。"明代杭州人田汝成写的《西湖游览志》也有对马塍的记载："钱王时畜马于此，至三万余匹，号曰马海，故以名塍。"

上述记载提到"北关门"和"余杭门"，隋文帝时，杭州筑十二座城门，北部只有一座，叫余杭门。吴越王钱镠修建杭州罗城时，建"北关门"，俗称"百官门"。《梦粱录》载："北城门名北关，今在余杭门外。""城北门者三：曰天宗水门；曰余杭水门；曰余杭门，旧名'北关'是也。"南宋在杭州设十三座城门，北门称余杭门。明代，北门改称武林门。也就是说，马塍在武林门之外。有人考证，马塍地域不小，从武林门外一直延伸到西溪。

"靖康之变"后，"高宗南渡，民之从者如归市"，"四方之民云集两浙"。杭州作为南宋的"行在"，接纳了大量中原和西北的移民。移民中的达官贵人有权有势，住进了城里，还有很多人只能住在城外，大约马塍是这些移民的居住地之一。

在南宋，马塍那个地方是怎么个状况呢？马塍是花木的种植地。《淳祐临安志》载："东西马塍在余杭门外羊角埂之间，土细宜花卉，园人多工于种接，为都城之冠。"《咸淳临安志》记载："东西马塍，在余杭门外，土细宜花卉，园人多工于种接，都城之花皆取给焉。"吴自牧的《梦粱录》也说到马塍的花卉种植："钱塘门外溜水

林木

桥，东西马塍诸园，皆植怪松异桧、四时奇花。”耐得翁的《都城纪胜》载：“东西马塍诸园，乃都城种植奇异花木处。”

摘录几句南宋诗人的诗句，我们从中也可以想象一下当年马塍花海的模样：

叶适（1150—1223），字正则，号水心居士。温州永嘉（今浙江温州）人，南宋思想家、文学家、政论家，有《赵振文在城北厢两月，无日不游马塍，作歌美之，请知振文者同赋》诗，其中云：

马塍东西花百里，锦云绣雾参差起。
长安大车喧广陌，问以马塍云未识。

赵汝说，生卒年不详，字蹈中，余杭人，嘉定元年（1208）进士，有《为赵振文赋马塍歌》诗，其中云：

旧闻城北有马塍，聚花成锦常留春。
我家苕水近来到，输他年少寻芳人。
相夸此地百金惜，间出奇花万钱直。

如果李清照后来居住在杭州城外的马塍，说明她的生存状况越来越差了。

世事变迁，沧海桑田，我们现在根本不可能找到昔日马塍的踪影，历史留给我们的只有“马塍路”三个字。

杭州不是东坡肉发明地

东坡肉是杭州的一道传统名菜，可谓家喻户晓。杭州大大小小做杭帮菜的餐馆里东坡肉是必备菜之一，也是杭州人招待外地客人的必选菜之一。

如果我告诉你，东坡肉的发明地不在杭州，你信不信？

宋神宗元丰三年（1080）二月，苏东坡被贬到黄州（今属湖北黄冈）任团练副使，一家人生活困苦，他率家人在城东坡地开荒种地，自号“东坡居士”。当时的黄州，有钱人喜欢吃羊肉不屑于吃猪肉，老百姓又不知道猪肉怎么做好吃，苏东坡就研制出了独门的“东坡肉”，既改善了自家的生活，又给黄州百姓创造了一道美味佳肴。苏轼还专门写了一首《食猪肉》诗，算是烹饪纪实吧。

食猪肉

净洗铛，少着水，柴头罨烟焰不起。待他自熟莫催他，火候足时他自美。黄州好猪肉，价贱如泥土。贵者不肯吃，贫者不解

苏轼像（苏堤南端）

煮。早晨起来打两碗，饱得自家君莫管。

这首诗的大意为：把锅子洗得干干净净，放入切块的猪肉，少放水，燃上柴木、杂草，抑制火势，用不冒火苗的虚火来煨炖。等待它自己慢慢地熟，不要用旺火催熟它，煨炖的时间够足，它自然会滋味极美。黄州有这样好的猪肉，价钱贱得像泥土一样；富贵人家不肯吃，贫困人家又不会煮。我早上起来打上两碗，自己吃饱了您莫要理会。

这几乎与菜谱差不多。

以苏东坡的名气，以及他在黄州与百姓的交往，这道菜广为传播，完全有可能。据传，黄州百姓把这道菜称为“东坡肉”。

不过，东坡肉真正叫响并闻名全国却是在杭州。

宋哲宗元祐四年（1089）一月，苏东坡来到阔别十五年的杭州任知州。四月二十九日，苏东坡在上奏朝廷的《乞开杭州西湖状》中说：“熙宁中，臣通判本州，则湖之葑合盖十二三耳。至今才十六七年之间，遂堙塞其半。父老皆言十年以来，水浅葑横，如云翳空，倏忽便满，更二十年，无西湖矣。使杭州而无西湖，如人去其眉目，岂复为人乎？”

紧接着他在奏章中列出了疏浚西湖的五条理由：保障市民饮用水、农田灌溉、生态保护、疏浚河道、保护官营酿酒业发展（朝廷重要的税收来源）。朝廷同意了苏东坡的奏请，他组织民工疏浚西湖，使西湖旧貌变新颜，达到了上述五个目标。

至于在疏浚西湖的过程中，利用挖出的葑泥构筑长堤，南起南屏山麓，北到栖霞岭下，全长近三千米，连接了西湖南山与北山，给西湖增添了一道靓丽的风景线，那完全是疏浚西湖的“副产品”，只能

东坡肉

说明苏东坡才情丰富、心胸旷达，特别善于治理城市。

据传，杭州的老百姓很感谢苏东坡为杭州做的这件好事，都夸他是个贤明的父母官。听说他在黄州时最喜欢吃猪肉（其实是吃不起羊肉），于是到过年的时候，大家就抬着猪肉挑着酒担去给他拜年。苏东坡收到后，便指点家人将肉切成方块，加入酒和佐料，炖得酥酥的，然后分送给参加疏浚西湖的民工们吃，大家吃后无不称奇，一传十十传百，在杭州城里传开了。有个精明的杭帮菜餐馆老板，也做了这道菜，并且取名“东坡肉”，很受客人青睐，生意出奇的好，其他杭帮菜餐馆也纷纷做起了东坡肉。南来北往的客人到杭州，杭帮菜餐馆都会向他们推荐东坡肉，东坡肉渐渐名满天下，成为杭州传统名菜中的翘楚。

再来说几句苏东坡与烹饪的趣事。苏东坡一家在黄州的日子比较艰难，他写了一篇《节饮食说》贴在墙上自勉：“东坡居士自今日以往，早晚饮食，不过一爵一肉。有尊客盛馔则三之，可损不可增。有召我者，预以此告之，主人不从而过是，乃止。一曰安分以养福。二曰宽胃以养气。三曰省费以养财。”

虽然生活困苦，但苏东坡善于苦中作乐，这位天才的美食家总有办法就地取材做一些美味给家人改善一下伙食。他做的东坡羹，吃过的人都觉得味道十分鲜美，纷纷向他请教。为此，苏东坡写了一篇《东坡羹颂》，详述做法：

> 东坡羹，盖东坡居士所煮菜羹也，不用鱼肉，五味有自然之甘。其法：以菘若蔓菁、若芦菔、若荠，皆揉洗数过，去辛苦汁，先以生油少许涂釜缘及瓷碗，下菜汤中，入生米为糁，及少

苏堤

生姜，以油碗覆之，不得触，触则生油气，至熟不除。

此文大意为：将大白菜、大头菜、大萝卜、野荠菜反复揉洗干净，意在除去菜蔬中的苦汁；用少许生油涂抹在大锅四壁、大瓷碗上；将切碎的白菜、萝卜、荠菜及少许生姜放入锅中煮菜羹，用油碗覆盖但不触碰菜羹，不然会有生油味；将盛满米的蒸屉放在锅上，等到菜完全煮熟后再盖上屉盖。

这道菜，不用鱼肉五味，以诸如蔓菁、荠菜、瓜、茄和赤豆、粳米等常见的廉价原料烹调而成，特别适合穷人和素食者食用。

苏东坡与街坊邻居的关系非常好，其中有几家开店的请客时总会请苏东坡参加。有一次，他在刘家吃到一种煎米粉做成的糕饼，十分酥脆。他问主人："这饼叫什么名字？"主人说没有名字。苏东坡说:"那就叫'为甚酥'吧。"后来就叫出名了。

还有一次，苏东坡在潘家喝到一种酒，味道很酸，他说:"莫不是做醋时放错了水吧？"此后，潘家便将这种酒叫做"错着水"。

有一天，他带领全家去郊外踏青，忽然想起刘家的煎饼，于是戏作小诗一首，叫僮仆拿着诗去求取餐食：

野饮花间百物无，杖头唯挂一葫芦。
已倾潘子错着水，更觅君家为甚酥。

回家后，苏东坡在这首小诗后面写下了注解："刘监仓家煎米粉作饼子，余云：'为甚酥。'潘放老家造逡巡酒，余饮之，云：'莫作醋，错着水来否？'后数日，余携家饮郊外，因作小诗戏刘公，求之。"

诗蕴情意

范仲淹两度拜访林和靖

北宋皇祐元年（1049）正月，范仲淹由邓州（今属河南）知州移任杭州知州，这一年他已经六十一岁了。他去西湖孤山拜祭以“梅妻鹤子”著称于士林的林和靖（林逋），此时林和靖已作古二十一年。在林和靖的墓前伫立良久，范仲淹自然而然会想起曾经两度拜访林和靖的情形。

天圣四年（1026）春，范仲淹在兴化知县任上有一次两浙之行，在杭州，他特地和朋友一起去孤山拜访林和靖，那是他们第一次见面，他有《和沈书记同访林处士》一诗纪事：

山中宰相下岩扃，静接游人笑傲行。
碧嶂浅深骄晚翠，白云舒卷看春晴。
烟潭共爱鱼方乐，樵爨谁欺雁不鸣。
莫道隐君同德少，樽前长揖圣贤清。

孤山远眺

“岩扃”本指山门，诗里指林和靖孤山的住处。“樵爨（cuàn）”，打柴烧饭的人。“山中宰相”，是典故。梁朝陶弘景，有才，谢绝为官，梁武帝每遇大事就去陶弘景隐居的茅山求教。陶弘景虽然不是在朝的宰相，又像宰相那样给梁武帝出主意，只不过住在山里，这就是“山中宰相”的典故。诗里的“山中宰相”，指林和靖，可见他们谈论了天下大势，而且范仲淹对林和靖的“世事洞明”非常钦佩，不然就不会用“山中宰相”的典故。

这首诗的大意为：具有大智慧的林和靖在孤山过着悠然自得的生活，西湖的山水与人自然和谐共处，连砍柴做饭的山民在这里也都过得很快乐，我也想追随林和靖过这样逍遥的日子。

过了几天，范仲淹又去孤山拜访林和靖，这一次又约了几个朋友，结果天有不测风云，一场大雨使他们不得不取消行程，怏怏不乐的范仲淹写了一首诗寄给林和靖表达失落感：

与人约访林处士阻雨因寄

闲约诸公扣隐扃，江天风雨忽飘零。
方怜春满王孙草，可忍云遮处士星。
蕙帐未容登末席，兰舟无赖寄前汀。
湖山早晚逢晴霁，重待寻仙入翠屏。

读上面两首诗，我们可以明显地看出范仲淹与林和靖论道意犹未尽的意思。两年以后，天圣六年（1028）秋，已被晏殊推荐为秘阁校理的范仲淹再一次去孤山拜访林和靖。为什么范仲淹这么想和林和靖见面？范仲淹是个入世极深的官员，当然不是为了清谈，这从此后他多次上书议论时事，可以得到印证。

此次见面林和靖有诗赠范仲淹：

送范仲淹寺丞

林中萧寂款吾庐，亹亹犹欣接绪余。

去棹看当辨江树，离尊聊为摘园蔬。

马卿才大常能赋，梅福官卑数上书。

黼座垂精正求治，何时条对召公车。

因天圣二年（1024）范仲淹曾迁大理寺丞，故林和靖称范仲淹为范寺丞。“马卿才大常能赋”，指的是汉武帝与司马相如的典故，汉武帝有一天在宫中读到司马相如的《子虚赋》，感叹奇才，下诏让在四川的司马相如进京为官。李白有诗“汉家天子驰驷马，赤车蜀道迎相如”。“梅福官卑数上书”的典故出于《汉书》，说梅福很有才华，却不被汉成帝刘骜重用，辞官居家，屡次上书朝廷议论朝政，不被采纳。

这首诗的大意为，在树叶凋落的季节，又一次与范仲淹相见。你的才能可与司马相如相比，不会像梅福那样得不到重用。

这既是林和靖对范仲淹的评价，又是对范仲淹的鼓励。

林和靖虽然比范仲淹年长二十多岁，可两个人一见如故，这个

放鹤亭

“故”，我以为就是“家国情怀”，也就是范仲淹在《岳阳楼记》中写的“先天下之忧而忧，后天下之乐而乐”。我们读范仲淹的《寄赠林逋处士》，也可以看出，林和靖隐士不隐，处江湖之远，心系天下，只不过不愿为官罢了。

寄赠林逋处士

唐虞重逸人，束帛降何频。
风俗因君厚，文章至老淳。
玉田耕小隐，金阙梦高真。
罢钓轮生蠹，慵冠鉴积尘。
饵莲攀鹤顶，歌雪扣琴身。
墨妙青囊秘，丹灵绿发新。
岭霞明四望，岩笋入诸邻。
几侄簪裾盛，诸生礼乐循。
朝廷唯荐鹗，乡党不伤麟。
吊古夫差国，怀贤伍相津。
剧谈来剑侠，腾啸骇山神。
有客瞻冥翼，无端预荐绅。
未能忘帝力，犹待补天钧。
早晚功名外，孤云可得亲。

范仲淹此诗前两联的大意为：当今是像唐尧和虞舜那样的太平盛世，您这位高人虽然一直隐逸，也一定会得到朝廷的重用。很多人只顾追名逐利，您却忘却功名而隐逸，如同俗世中的一股清流。又读了

林和靖墓

您最近的文章，感觉越来越淳厚有味。

事实上林和靖隐逸孤山之前曾经多年行走江浙一带，结交过很多人，即便后来隐逸孤山，也经常有为官的文人探访，可以说他对世道人心洞若观火，不然，范仲淹不会对他敬重有加。

辩才法师妙手“摩顶”治病

辩才法师不但道行高深，而且颇有诗才。他与同时代的许多诗人心性相投，友情颇深，时有诗作唱和，给我们留下了他们交往的趣事，这里说说辩才法师与苏东坡的诗作唱和。

辩才法师与苏东坡最为投缘，熙宁四年（1071）苏东坡到杭州任通判，这是他第一次到杭州，他与辩才法师因缘相识。那年苏东坡才三十四岁，辩才法师已经六十岁，二十多年的年龄差距，居然没有“违和感”，两人成了忘年交。

当时，苏东坡的第二个儿子苏迨患小儿脑积水症，脑袋特别大，快四岁了还不会走路，苏东坡非常着急。辩才法师知道后，让苏轼带苏迨来见，他为苏迨做了“摩顶”治疗，很快治好了苏迨的病。

什么是“摩顶”治疗？玄乎。辩才法师究竟用什么医道治好了苏迨的病，也难考据，不过，治好了苏迨的病总是真的，有苏东坡《赠上天竺辩才师》诗为证：

南北一山门，上下两天竺。
中有老法师，瘦长如鹳鹄。
不知修何行，碧眼照山谷。
见之自清凉，洗尽烦恼毒。
坐令一都会，男女礼白足。
我有长头儿，角颊峙犀玉。
四岁不知行，抱负烦背腹。
师来为摩顶，起走趁奔鹿。
乃知戒律中，妙用谢羁束。
何必言法华，佯狂啖鱼肉。

这是一首纪事诗，诗中苏东坡描绘了辩才法师的形象，飘飘若仙的样子；描绘了辩才法师的医道，神奇的治病过程；描绘了苏迨的病状以及病愈后的活泼。最后四句，甚至为了感谢辩才法师，不惜劝他破戒喝酒吃肉。这当然只是苏东坡诗人的“佯狂”而已，以此表达他对辩才法师的感激之情。至于辩才法师是否谨遵戒律，那是毫无疑问的。

元祐四年（1089），离开杭州十五年后，苏东坡重回杭州任知州，此时年迈的辩才已从上天竺寺退居龙井寺，苏东坡即去拜访。苏东坡来访，辩才十分欣喜，最难风雨故人来，两人经常饮茶清谈。

有一天，苏东坡去龙井寺见辩才法师，晚间茶叙，突然雷电交加，暴雨疾至，窗前有两棵松树的树枝被吹折。辩才法师触景生情，脱口吟出一联：“龙枝已逐风雷变，减却虚窗半日凉。”苏东坡立即应声：“天爱禅心圆且洁，故添明月伴清光。”僧、俗两人心性相通，亘古未见。

辩才法师退居龙井寺后，慕名而来的客人仍然很多，年迈之人受不了打搅，不得已定了个规矩：待客不超三炷香，送客不过归隐桥。

元祐六年（1091），苏东坡被朝廷召回。离杭前，苏东坡去龙井寺拜别辩才法师，两人相谈甚欢，不觉已经月上柳梢，辩才法师留苏东坡夜宿龙井寺。第二天一早，辩才法师送苏东坡下山，一路谈笑，不知不觉过了溪上的归隐桥。小沙弥连忙提醒辩才法师破了规矩，辩

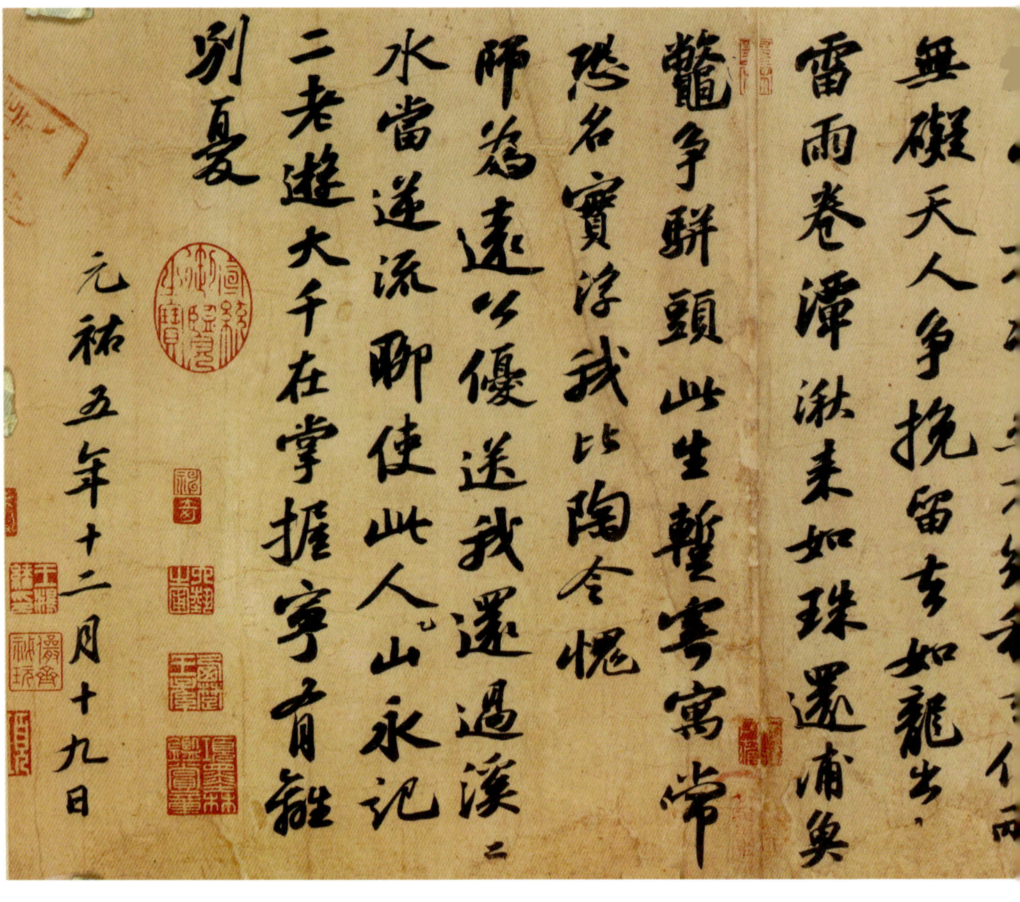

苏轼《次辩才诗韵帖》

才法师与苏东坡停下脚步，相顾大笑。辩才法师吟诵了杜子美的诗：“与子成二老，来往亦风流。”

辩才有《龙井新亭初成诗呈府帅苏翰林》纪事：

> 暇政去旌旆，策杖访林丘。
> 人惟尚求旧，况悲蒲柳秋。
> 云谷一临照，声光千载留。

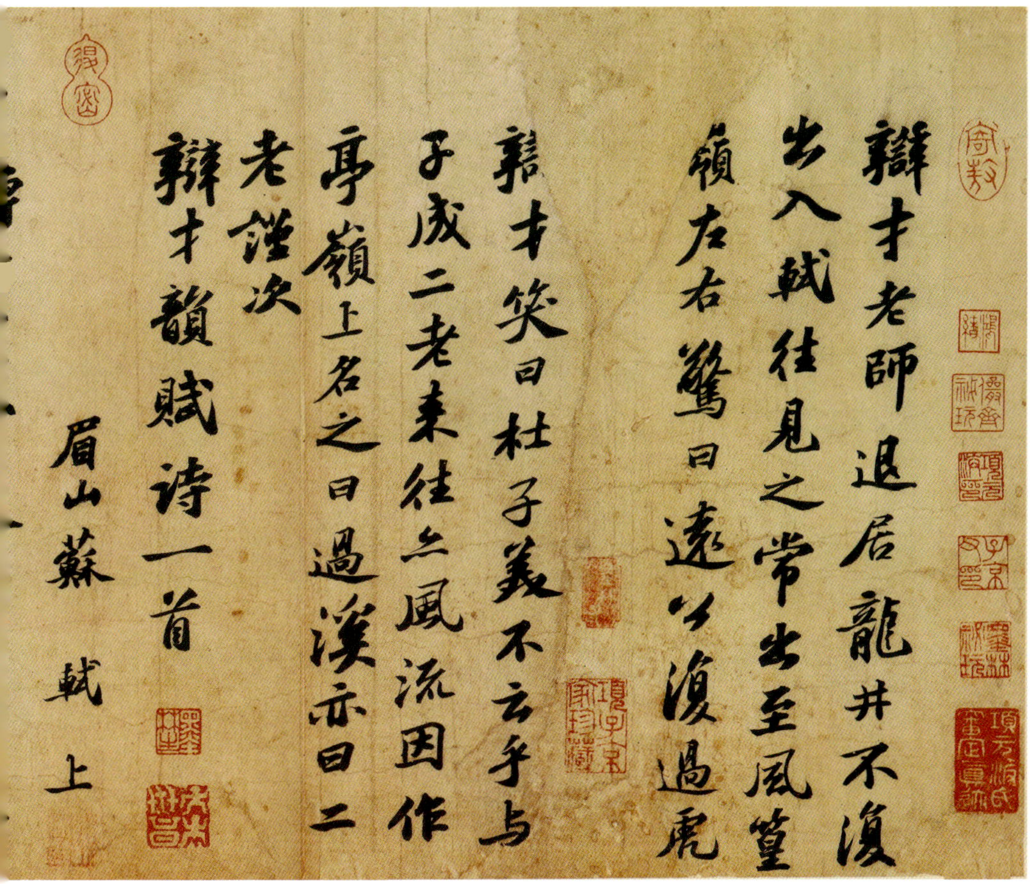

轩眉狮子峰，洗眼苍龙湫。
路穿乱石脚，亭蔽重冈头。
湖山一目尽，万象掌中浮。
煮茗款道论，奠爵致龙优。
过溪虽犯戒，兹意亦风流。
自惟日老病，当期安养游。
愿公归廊庙，用慰天下忧。

说的是苏东坡在处理完公务以后，经常去龙井寺，二人“路穿乱石脚”，走遍了龙井的山山水水；“煮茗款道论”，虽然二人论什么道，我们不得而知，但是能与苏东坡经常“款道论”的人，必定旗鼓相当；“声光千载留”，二人的风采当与龙井的山水一样留存千古；最后两句“愿公归廊庙，用慰天下忧”，期望苏东坡这位济世之才早日回归朝廷，能为普天下百姓解忧，也就是说杭州这片土地太小，苏东坡应该立命于朝廷造福天下。

苏东坡有和诗：

日月转双毂，古今同一丘。
惟此鹤骨老，凛然不知秋。
去住两无碍，天人争挽留。
去如龙出山，雷雨卷潭湫。
来如珠还浦，鱼鳖争骈头。
此生暂寄寓，常恐名实浮。
我比陶令愧，师为远公优。

过溪亭

送我还过溪，溪水当逆流。
聊使此山人，永记二老游。
大千在掌握，宁有离别忧。

这真是一段千古佳话。后来，辩才法师在老龙井旁建了“过溪亭”，于是龙井又多了一景。后人把辩才法师送苏东坡过溪经过的归隐桥，称之为“二老桥”。

元祐六年（1091）秋天，辩才法师自知来日无多，就入室端坐，

龙井牌坊

龙井茶园

谢绝宾客，不再言语、饮食。到第五日，辩才法师以偈语作别众人。到了第七日，法师安然圆寂。

第二年五月，辩才法师的徒弟惟楚携带一轴当年苏东坡给辩才法师的信，去扬州找在那里任知州的苏东坡，请求题跋。苏东坡立即写题跋并作文祭奠：“虽大法师，自戒定通。律无持破，垢净皆空。讲无辨讷，事理皆融。如不动山，如常撞钟。如一月水，如万窍风。八十一年，生虽有终。遇物而应，施则无穷。”这年十月，辩才法师骨塔在龙井狮峰山麓建成，苏东坡请弟弟苏辙撰写辩才大师的塔碑铭文，以作纪念。

林升为谁“长相思”？

有的人写诗很多却难被后人记得，有的人仅仅写诗一首，却被传千年，这话用在林升身上非常合适。

我们先来读一读林升的诗《题临安邸》：

山外青山楼外楼，西湖歌舞几时休。
暖风熏得游人醉，直把杭州作汴州。

很明显，这是一首题在“邸”墙上的诗。古时文人喜欢在“邸”的墙上题诗词，唐代崔颢在黄鹤楼壁上题诗《黄鹤楼》：

昔人已乘黄鹤去，此地空余黄鹤楼。
黄鹤一去不复返，白云千载空悠悠。
晴川历历汉阳树，芳草萋萋鹦鹉洲。
日暮乡关何处是？烟波江上使人愁。

（明）佚名摹宋人《十八学士图》（局部）

（元）佚名《西湖清趣图》（局部）

话说李白到黄鹤楼也想题诗，看了崔颢的题诗，李白觉得想不出更好的诗句，不题了。

还有，南宋陆游游绍兴沈园，与表妹唐琬（曾经的夫人）相遇，百感交集，在墙上题词《钗头凤》：

红酥手，黄縢酒。
满城春色宫墙柳。
东风恶，欢情薄。
一怀愁绪，几年离索。
错，错，错！
春如旧，人空瘦。
泪痕红浥鲛绡透。
桃花落，闲池阁，
山盟虽在，锦书难托。
莫，莫，莫！

唐琬看了陆游的《钗头凤·红酥手》后，也在墙上题词《钗头凤》回应：

世情薄，人情恶，
雨送黄昏花易落。
晓风干，泪痕残，
欲笺心事，独语斜阑。
难，难，难！

（元）夏永《丰乐楼图》（该楼为南宋临安城最大的酒楼）

人成各，今非昨，
病魂常似秋千索。
角声寒，夜阑珊，
怕人寻问，咽泪装欢。
瞒，瞒，瞒！

比较有意思的是，那时候的人，也愿意名人在自家墙上“涂鸦”，简单的一首诗一首词，说不定就令“不动产”名扬天下，成为一个著名“景点”。

回过头来说林升的《题临安邸》。临安，当然就是南宋“行在”杭州了。“邸”分官邸、私邸、客邸（客栈），林升题诗的地方应该不会是官邸和私邸，估摸着林升题诗的地方只能是客邸（客栈）了，而且还不是特别有名的客栈，不然诗题应该是“题临安某某邸”。

《西湖游览志余》卷二有这样一段文字：“绍兴、淳熙之间，颇称康裕，君相纵逸，耽乐湖山，无复新亭之泪。士人林升者，题一绝于旅邸云：山外青山楼外楼，西湖歌舞几时休。暖风熏得游人醉，直把杭州作汴州。”可见林升题诗的地方是“旅邸”，也就是客栈。

《题临安邸》感慨时事：达官贵人们过着纸醉金迷的日子，陶醉于西湖的美景和歌女的美色之中，已经把杭州当成了现在被金人占据、昔日非常繁华的大宋京城汴梁。

《题临安邸》文字浅显易懂，饱含怨恨的情感很容易引起北方流民的共鸣，毕竟逃难到江南的人中绝大多数是北方的老百姓。流离失所，故土难回，《题临安邸》说出了北方流民心中的悲愤怨恨，由此而广为流传是完全有可能的。不然我们今天也读不到这首诗了。

再来说说林升。林升（1123—1189），字云友，又名梦屏，号平山居士，有说他是温州横阳亲仁乡荪湖里林坳（今苍南藻溪镇繁枝村）人，生平事迹不详，只知道擅长诗文。

对于林升，我们可以得到的信息实在太少了，不过，从他的《长相思》中，还是可以看出一点他的私人情感生活：

长相思

和风熏，杨柳轻，郁郁青山江水平，笑语满香径。

思往事，望繁星，人倚断桥云西行，月影醉柔情。

“长相思”属乐府“杂曲歌辞”，常以“长相思”三字开头和结尾，李白、白居易都曾写过《长相思》。

林升这首《长相思》，前半部分描述了一种轻松愉快的气氛。尤其是在如画的美景中“笑语满香径”，往事可恋。后半部分，描写诗人晚上独自看着夜空中的星星，回忆甜蜜的往事，“人倚断桥云西行”，想从“月影”里面找寻“醉柔情”，那当然是不可能的，显示出深深的忧伤。

林升“长相思”的对象是谁？所“思往事”是多久的事？所“望繁星”是何处的天空？林升思念的是留在北方的家人还是爱人？或者他们已经在南逃途中失散？我们不得而知。

陆游喜欢亲子游

读陆游的诗词，感受到他爱国的壮怀居多，“当年万里觅封侯，匹马戍梁州……胡未灭，鬓先秋”，“铁马冰河入梦来”，“王师北定中原日，家祭无忘告乃翁”，但也有与唐琬感情缠绵的《钗头凤》，还有“怜子如何不丈夫”的亲情，可以说是侠骨柔情。

陆游在杭州写过两首亲子诗。

绍兴三十年（1160）春天，陆游到临安（杭州）。绍兴三十二年（1162），陆游把家人也接来杭州，一家人其乐融融，陆游有诗纪事：

喜小儿辈到行在

阿纲学书蚓满幅，阿绘学语莺啭木。
截竹作马走不休，小车驾羊声陆续。
书窗涴壁谁忍嗔，啼呼也复可怜人。
却思胡马饮江水，敢道春风无战尘。

传闻贼弃两京走，列城争为朝廷守。
从今父子见太平，花前饮水勿饮酒。

行在，古代指天子巡行时所居住的地方，诗里指临安。南宋朝廷当时并未定都临安，仅称行在，意思是临时居住，终究要收复中原还都汴京，而事实上却是“直把杭州作汴州”。学书蚓满幅，指小孩子初写的字如蚯蚓爬歪歪扭扭。学语莺啭木，指孩童学讲话就好像黄莺在树上婉转地啼呼。

绍兴三十一年（1161）十二月，武巨收复了西京（洛阳），陆游深感振奋，以为国家中兴在望，隔年把家眷接到临安。阿纲、阿绘都是陆游的孩子，大约都在十岁之内。阿纲砍下青竹当马骑，又学着驾羊车不断吆喝，窗上、墙上都留下他们淘气的“杰作”。

这首诗描绘出一幅其乐融融的家庭生活图画，体现了一位父亲对子女们深深的爱和享受的天伦之乐。同时，陆游清醒地点出了这样普通的生活场景必须建立在国家太平的基础上的道理。国与家命运一体。

比较好奇绍兴三十年（1160）陆游把家安在杭州的什么地方，可惜无从查考，不过陆游有一篇短文记叙了他在杭州的家的模样。这篇短文叫做《烟艇记》：

陆子寓居，得屋二楹，甚隘而深，若小舟然，名之曰“烟艇”。客曰：“异哉！屋之非舟，犹舟之非屋也，以为似欤？舟固有高明奥丽，逾于宫室者矣。遂谓之屋，可不可耶？”

陆子曰：“不然！新丰，非楚也；虎贲，非中郎也。谁则不知？意所诚好而不得焉，粗得其似，则名之矣。因名以课实，子则过矣，而予何罪？

“予少而多病，自计不能效尺寸之用于斯世，盖尝慨然有江湖之思；而饥寒妻子之累，劫而留之，则寄其趣于烟波洲岛苍茫杳霭之间，未尝一日忘也。使加数年，男胜锄犁，女任纺绩，衣食粗足，然后得一叶之舟，伐荻钓鱼而卖芰芡，入松陵，上严濑，历石门、沃洲而还，泊于玉笥之下，醉则散发扣舷为吴歌，顾不乐哉！

“虽然，万钟之禄，与一叶之舟，穷达异矣，而皆外物。吾知彼之不可求，而不能不眷眷于此也。其果可求欤？意者使吾胸中浩然廓然，纳烟云日月之伟观，揽雷霆风雨之奇变，虽坐容膝之室，而常若顺流放棹，瞬息千里者，则安知此室果非烟艇也哉！”

绍兴三十一年八月一日记

烟艇，烟波江上的小船。新丰，故址在今陕西省临潼区东之新丰镇。虎贲非中郎，东汉末年的蔡邕，曾官中郎将，世称“蔡中郎”。芰芡，菱和鸡头米，皆可食。松陵，即吴

西湖

淞江。

这篇短文大意为，陆先生租了两间屋子，屋子狭长的形状就好像小船一般，所以称为“烟艇”。客人评论道：“奇怪，房屋不是船，正如同船不是房屋一样，你认为屋子和小船一样吗？有的船富丽堂皇到可以和宫殿媲美，但因此把船称作房屋，可以吗？”

陆先生回答：“不是这样吧，新丰不是楚地原来的丰邑，虎贲卫士不是中郎将。这样的道理谁不知道？得不到喜欢的东西，得到一个相似的，所以我以心中喜欢的名字来称呼它。你依照名字考察实际的东西是不对的，我称呼它有什么错？我从年少就常生病，知道自己对国家没有什么用处，因而曾经想要浪迹江湖。为了温饱，还要赡养妻儿，不得已只能流连官场。其实，我一直都还想浪迹江湖。若干年以后，儿子能耕种、女儿能织布，衣食不缺，我还是希望能乘坐一条小船，过过砍芦荻、钓鱼、卖荷花的日子，乘着小船进入吴淞江，逆流而上到严陵濑这个地方，游历过石门涧、沃洲之后再回来，把小船停靠在苍翠的山峦下，喝醉了就披散头发、敲着船打拍子，唱唱吴地的歌谣。不是很快乐吗？”

高官厚禄不能与小船相比，其实都是身外之物。高官厚禄当然不能强求，但我却向往、留恋小船漂流的生活，真有可能吗？浪迹江湖的想法使我的心胸开阔，能够容纳天地日月，能够包揽雷霆风雨。虽然我只是坐在狭小的居室中，却常常感觉像顺着水流坐船，一眨眼就到了千里之外。谁能说这屋子真的不是烟波上的一条小船呢？

三十年后，陆游又一次与家人团聚在杭州，此时居住在砖街巷，即孩儿巷。有一天，陆游一家人同游西湖，他也有诗《与儿辈泛舟游西湖一日间晴阴屡易》纪事：

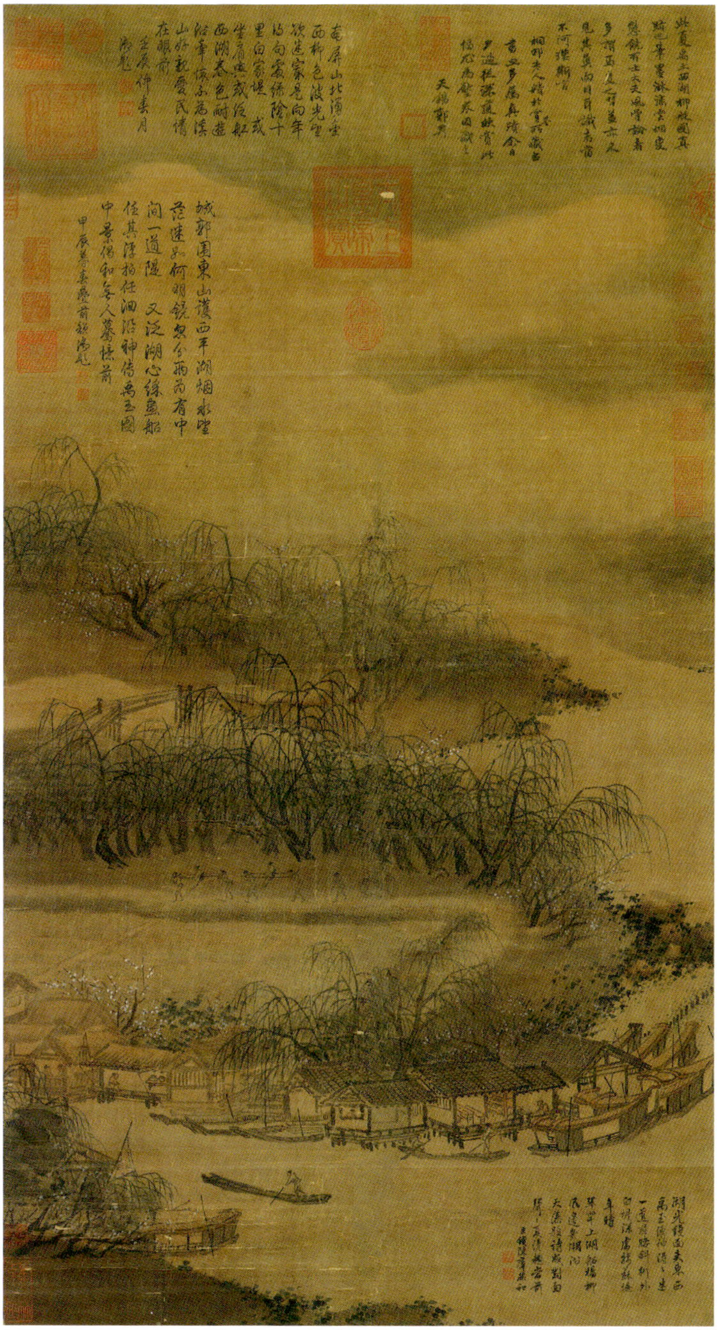

（宋）夏圭《西湖柳艇图》

逢着园林即款扉，酌泉鬻笋欲忘归。
杨花正与人争路，鸠语还催雨点衣。
古寺题名那复在，后生识面自应稀。
伤心六十余年事，双塔依然在翠微。

这首诗大约写于南宋光宗赵惇绍熙二年（1191），那年陆游六十七岁。这首诗大意为，看到有个园子便推门进去，又是饮泉水又是买刚挖出来的笋，一时忘记了回家。杨花在小路上尽情地开放，似乎要阻挡过往的行人，鸟儿的鸣叫声仿佛催下了雨点打湿行人的衣服。这座古寺我以前来过，古寺的题名仍旧在，可是这里的人大多不认识了，他们都是后来者。自从朝廷南渡以来六十多年，西湖的双塔依然在青翠的山色里没有改变形状，朝廷何时能回归中原？

陆游颇为伤感。

淳熙十五年（1188）七月，六十四岁的陆游在严州（今杭州桐庐、淳安、建德一带）任满卸职，回到家乡山阴（今浙江绍兴）。十月，宋孝宗赵昚召陆游入见廷对，而后批曰："卿笔力回斡甚善，非他人可及。"起用陆游为军器少监，主管制造御前军器。陆游写下了《初到行在》：

六十之年又四年，也骑瘦马趁朝天。
首阳柱下孰工拙，从事督邮俱圣贤。
笔墨有时闲作戏，功名到底是无缘。
都城处处园林好，不许山翁醉放颠。

（宋）陈清波《湖山春晓图》

淳熙十六年（1189）二月，宋孝宗赵昚在传位于儿子前，考虑到陆游有大才不可长期不用，而自己即将禅位，就亲降圣旨：除陆游为礼部郎。对此，叶绍翁《四朝闻见录》乙集作了这样的记载："上怜其才，旋即复用。未内禅，一日上手批以出：'陆游除礼部郎。'上之除目，自公而止，其得上眷如此。"陆游因而对孝宗深怀知遇之恩。礼部为尚书省六部之一，掌管国家礼乐、祭祀、朝会、学校教育、贡举等。同时陆游还兼膳部检察，他在《渭南文集·跋松陵集》中记："淳熙十六年四月二十六日，车驾幸景灵宫，予以礼部郎兼膳部检察，赐公卿食……时寓砖街巷街南小宅之南楼。"

《与儿辈泛舟游西湖一日间晴阴屡易》一诗既是当时陆游家庭生活的纪实，又是他苦闷心情的流露。

李清照在杭州悲愤成诗

宋室南渡之后的李清照先后经历了逃难、金石文物被窃、再婚离婚，贫病潦倒，直至离世，这一段时光大约有二十年。

在李清照生命的最后二十年间，她来往于金华、绍兴与临安（杭州），还数度在杭州清波门及武林门外的马塍一带居住。

李清照以词出名，那些缠缠绵绵和悲悲戚戚的词广为人知。不过，这里要说的是，在居住杭州期间，李清照曾经写过的两首悲愤之诗。

李清照词作的风格在南渡前后截然不同。南渡前李清照的词主要反映伤春怨别和闺阁生活，如《如梦令》描写惜春怜花的感情：

昨夜雨疏风骤，浓睡不消残酒。

试问卷帘人，却道海棠依旧。

知否，知否？应是绿肥红瘦。

如《一剪梅》反映夫妻情感：

红藕香残玉簟秋，
轻解罗裳，独上兰舟。
云中谁寄锦书来？
雁字回时，月满西楼。
花自飘零水自流，
一种相思，两处闲愁。
此情无计可消除，
才下眉头，却上心头。

南渡后的词主要反映国破家亡和颠沛流离，如《武林春》：

风住尘香花已尽，日晚倦梳头。
物是人非事事休，欲语泪先流。
闻说双溪春尚好，也拟泛轻舟。
只恐双溪舴艋舟，载不动许多愁。

如《声声慢》：

寻寻觅觅，冷冷清清，凄凄惨惨戚戚。
乍暖还寒时候，最难将息。
三杯两盏淡酒，怎敌他晚来风急？
雁过也，正伤心，却是旧时相识。

满地黄花堆积。憔悴损，如今有谁堪摘？
守着窗儿，独自怎生得黑？
梧桐更兼细雨，到黄昏、点点滴滴。
这次第，怎一个愁字了得！

李清照在居住杭州期间写过两首悲愤之诗，风格与她的词作完全不同。

宋高宗绍兴三年（1133），南宋朝廷派签枢密院事韩肖胄和工部尚书胡松年出使金，去慰问被金掳去的徽、钦二帝，李清照特意作诗两首给韩、胡二公——《上枢密韩公、工部尚书胡公》。

《上枢密韩公、工部尚书胡公》第一首为古体，兼有五言与七言，全诗长达八十句。第二首为七律。李清照为什么会写这两首诗？她在诗的“序”中作了交代：“绍兴癸丑五月，枢密韩公、工部尚书胡公使虏，通两宫也。有易安室者，父、祖皆出韩公门下。今家世沦替，子姓寒微，不敢望公之车尘。又贫病，但神明未衰落，见此大号令，不能忘言，作古、律诗各一章，以寄区区之意，以待采诗者云。”

“序”的大意为：宋绍兴三年（1133）韩公与胡公将出使金，慰问徽、钦二帝，自己的父亲和祖父都出自韩公门下，因为这样的“特殊关系”，虽然现在自己已经家道中落、贫病交加，还是写了古诗、律诗各一章奉上。

李清照写这两首诗的因由是“枢密韩公、工部尚书胡公使虏”，那就需要简单交代一下“使虏”。所谓“使虏”就是作为南宋朝廷的使者去金慰问被俘的徽、钦二帝并议和。

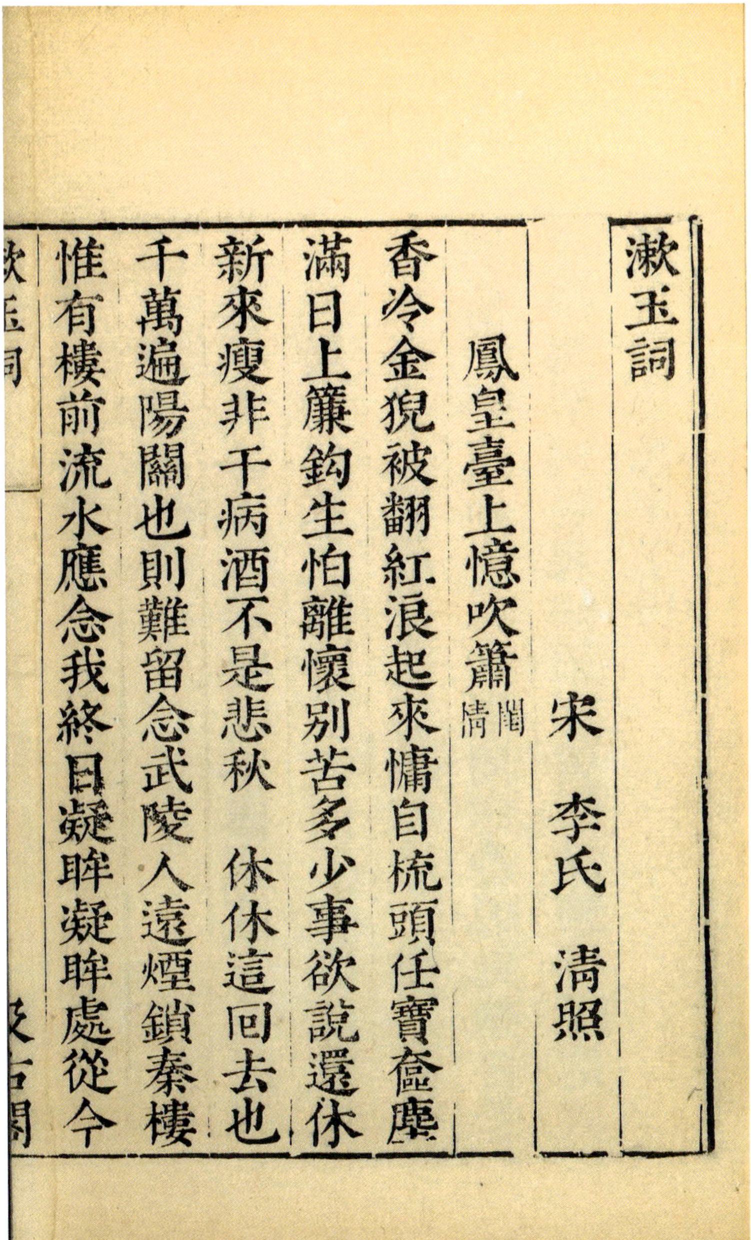
漱玉詞

宋　李氏　清照

鳳皇臺上憶吹簫　閨情

香冷金猊被翻紅浪起來慵自梳頭任寶奩塵滿日上簾鉤生怕離懷別苦多少事欲說還休新來瘦非干病酒不是悲秋　休休這回去也千萬遍陽關也則難留念武陵人遠煙鎖秦樓惟有樓前流水應念我終日凝眸凝眸處從今

漱玉詞　汲古閣

汲古阁刻本《漱玉词》书影

绍兴二年（1132）底及三年（1133）初，金将撒离曷避开宋将吴璘驻守的和尚原，派部分金兵进至仙人关、熙河地区以牵制宋军主力吴玠部及关师古部，自率金军主力经商州（今陕西商州）直逼上津（今湖北郧西），进攻金州（今陕西安康）。宋金州守将王彦寡不敌众，败退石泉（今陕西石泉），金军占领金州。绍兴三年（1133）二月，撒离曷发兵仰攻饶凤关。吴玠率军死守。双方激战六天六夜，战死者堆积如山。后宋降校引金军从间道祖溪关入，绕至饶凤关后，居高临下，前后夹击，宋军大败。吴玠退至仙人关（今陕西凤县西南），刘子羽退保三泉县（今陕西宁强北）。金兵进占兴元，前锋进至金牛镇（今陕西勉县西南）。四月，撒离曷因孤军深入，粮草不济，又遭刘子羽、吴玠部反击，从兴元退兵。五月，王彦克复金州，金兵完全退出汉中地区。

马塍路

绍兴三年（1133）五月，南宋朝廷任命韩肖胄为端明殿学士、同签书枢密院事、充金国军前奉表通向使，胡松年为试工部尚书充副使，使金议事。韩肖胄等六日自临安（杭州）出发，九月抵达云中（今山西大同）与金左副元帅宗维议事。十一月宗维遣安州团练使李永寿、职方郎中王翊等与韩肖胄等偕同南来，与宋议和。宋高宗即位以来，一意求和，曾数次遣使至金，六七年未曾间断，而金人至此才第一次派人南来。这是宋金双方第一次较正规的议和，金人开始放弃消灭南宋的战略，宋金对峙的态势逐步形成。

在这样的背景下，李清照写了《上枢密韩公、工部尚书胡公》给即将出使金的韩肖胄和胡松年。第一首诗可分为三个层次：一交代了韩、胡二公出使金国的原因与政治背景；二赞颂了承担出使重任的韩公及胡公，并表示了对韩、胡二公进入金人虎狼之地的担忧；三抒发了爱国爱家乡的情感。

第一首诗有八十行，就不全文照录了，只录最后四句：

子孙南渡今几年，飘流遂与流人伍。
欲将血泪寄山河，去洒东山一抔土。

对流离失所的悲凉，对山河破碎的悲痛，对中原故土的思念，对收复失地的盼望，表达得淋漓尽致。

再来说说第二首诗：

想见皇华过二京，壶浆夹道万人迎。
连昌宫里桃应在，华萼楼前鹊定惊。

马塍路

但说帝心怜赤子，须知天意念苍生。

圣君大信明如日，长乱何须在屡盟？

这首诗前四句想象南宋使节途经中原“二京”，受到北方遗民夹道欢迎的场景；想象北宋萧条的宫殿中乌鹊飞起的景象，似亦在欢迎南宋使节；北方人民欢迎使节是误以为光复有望，误以为高宗将北伐救他们于水火之中。

这首诗后四句，敬佩韩、胡二公冒险赴金，但对高宗议和的策略又是讥讽的。似乎在问：难道坚持与金议和，就不会再有祸乱了？

在这种“上书”里，李清照不可能公开表达反对南宋朝廷对金议和，其实，李清照内心一定是非常想北伐抗金的，读她的《夏日绝句》就完全可以感受到她对北伐抗金的决绝：

生当作人杰，死亦为鬼雄。
至今思项羽，不肯过江东。

这是一首借古讽今、抒发悲愤的怀古诗。项羽为什么不肯过江东？因他觉得“无颜见江东父老”，宁愿自杀身亡也不愿苟且逃命。由此反衬出南宋朝廷抛弃中原河山，只顾自己逃命，苟且偷生，不管百姓死活的行径是多么的可鄙。特别是“至今”两个字，将古与今、历史与现实直接相连，李清照借项羽“不肯过江东”史实表达了对失去故园的悲愤，以及对南宋朝廷的蔑视。

辛弃疾钱塘江观潮

宋孝宗淳熙元年（1174）春，朝廷召叶衡入京任右丞相，叶衡推荐辛弃疾为仓部郎官。这一年的秋天，辛弃疾赴临安任职。在钱塘江观潮时，写了《摸鱼儿·观潮上叶丞相》赠叶衡。

叶衡（1122—1183），字梦锡，婺州（今浙江金华）人。绍兴十八年（1148）进士，乾道二年（1166）升任太府少卿，迁户部侍郎。淳熙元年（1174）召为户部尚书，签书枢密院事，拜参知政事，累迁右丞相兼枢密使。淳熙二年（1175），被汤邦彦诋毁，罢相。

摸鱼儿·观潮上叶丞相

望飞来、半空鸥鹭，须臾动地鼙鼓。
截江组练驱山去，鏖战未收貔虎。朝又暮。
诮惯得、吴儿不怕蛟龙怒。风波平步。
看红旆惊飞，跳鱼直上，蹙踏浪花舞。
凭谁问，万里长鲸吞吐，人间儿戏千弩。

（清）佚名《浙江秋涛》（局部）

滔天力倦知何事，白马素车东去。
堪恨处，人道是、属镂怨愤终千古。功名自误。
谩教得陶朱，五湖西子，一舸弄烟雨。

鼙鼓，一种古代的战鼓。貔虎，古代传说中一种凶猛的野兽，这里比喻勇猛的军队。吴儿，指钱塘江渔夫。

（宋）李嵩《钱塘观潮图》（局部）

这首词大意为：远望天边，钱塘江潮水好像白色鸥鹭从远处飞来，遮住了半片天空。站在岸边听潮水声就如同听到震天响的战鼓声，江上的波峰像千军万马奔腾而来。这里的勇士们天天与水相处，他们觉得像蛟龙一样翻滚的潮水很平常。弄潮儿们踏着波涛如履平地，高举的红旗随风飘扬，他们简直就是在浪花上起舞，又像鱼跃出水面。汹涌的钱塘江潮像巨鲸吐水，当年吴越王聚集万人箭射潮头，想压住潮水，实在是儿戏，不管费多少力也难以阻挡滚滚而来的潮水。伍子胥用属镂剑自刎化为潮神，他想功成名就却误了性命，留下了千古遗恨。还不如像范蠡与西施那样，悠然自得地驾着小

舟漫游五湖，欣赏湖上风光。

这首词着力描绘了钱塘江潮的壮观景象，赞赏了勇士们敢于与狂风巨浪搏斗的无畏精神，同时联想到伍子胥、范蠡的命运和吴越的兴亡，肯定也联想到了抗金，联想到了“遗民泪尽胡尘里，北望王师又一年”，联想到收复中原。

辛弃疾（1140—1207），字幼安，号稼轩，历城（今山东济南）人，二十二岁参加抗金义军，因功，被朝廷任为江阴签判。他一生力主北伐抗金，但很多建议都没有被朝廷采纳。嘉泰三年（1203），主张北伐的韩侂胄起用主战派人士，已六十四岁的辛弃疾出知镇江府，获赐金带。辛弃疾在镇江登临北固亭，抚今追昔，写下了《永遇乐·京口北固亭怀古》这首词：

千古江山，英雄无觅，孙仲谋处。
舞榭歌台，风流总被，雨打风吹去。
斜阳草树，寻常巷陌，人道寄奴曾住。
想当年，金戈铁马，气吞万里如虎。
元嘉草草，封狼居胥，赢得仓皇北顾。
四十三年，望中犹记，烽火扬州路。
可堪回首，佛狸祠下，一片神鸦社鼓。
凭谁问，廉颇老矣，尚能饭否？

永遇乐，词牌名。京口，江苏镇江。北固亭，晋蔡谟在镇江北固山上所建。孙仲谋，孙权（182—252），字仲谋，东吴大帝，吴郡富春县（今浙江富阳）人。寄奴，南朝宋武帝刘裕小名。元嘉，刘义隆年号。草草，轻率。刘裕子宋文帝刘义隆好大喜功，仓促北伐，反而被北魏太武帝拓跋焘率兵南下重创。狼居胥山，在内蒙古自治区西北部。汉武帝元狩四年（前119）霍去病远征匈奴，歼敌七万余人，在狼居胥山，祭天祭地，封禅，庆祝胜利。赢得，落得。赢得仓皇北顾，宋军北伐，为北魏军击败，北魏军直抵扬州，吓得宋文帝亲自登上建康幕府山向北观望形势。四十三年，辛弃疾任南宋官职四十三年。烽火扬州，指扬州地区抗金战事。可堪，哪堪。佛狸祠，拓跋焘小名佛狸。元嘉二十七年（450），拓跋焘率兵南下，在长江北岸瓜步山建行宫，即佛狸祠。神鸦，在庙里吃祭品的乌鸦。社鼓，祭祀时的鼓声。廉颇，战国时赵国名将。

《永遇乐·京口北固亭怀古》大意为，江山千古依旧，当年此地的英雄孙仲谋，早已无处寻。不管多么华丽的舞榭歌台，还是英雄的种种传闻，都会被像风雨一样的岁月吹去。被斜阳余晖映照的草树，如今普通百姓生活的街巷，人们说当年寄奴曾经在这里住过。想象着当年，他率领铁骑如同猛虎下山气势磅礴。元嘉帝鲁莽，一心想建立不朽功绩，却落得仓皇逃命北方。还记得四十三年前，我与金兵激战在烽火连天的扬州一带。往事不堪回首，拓跋焘的行宫下，神鸦叫声与喧闹的社鼓混杂在一起。有没有谁会问，廉颇将军年岁已高，他的饭量还与当年一样大吗？

南宋遗民西兴感怀

这里介绍的三位诗人，他们有一个共同的身份——南宋遗民。所谓南宋遗民，就是在南宋亡后，仍然从内心追从南宋朝廷，这样的人有一大批，大多是士大夫阶层。他们中有不少人拒绝与元朝统治者合作，或避难于山林，或隐居于市井；也有的遗民在若干年后虽然因各种原因出山为官，而内心仍然追从南宋朝廷。他们的诗就是他们对南宋兴亡的感慨。

郑协《钱塘晚望》

郑协，号南谷，生卒年不详，与文天祥、谢翱等多有交往，宋理宗景定元年（1260）为广东转运使。

钱塘晚望

钱塘江上夜潮过，秋静寒烟白露多。

吴越青山明月里，舟人齐唱异乡歌。

《钱塘晚望》大意为，钱塘江上夜潮滚滚而来，秋夜的江上白雾弥漫。月光下隐约可见两岸青山，划船的人唱的号子是外乡歌。

这首诗通过描写这些划船人离开了自己的家乡到钱塘江上做船工，隐晦地表示了他们已经失去了故园，流落到异乡，元人入主，南宋不再。

马臻《浙江晚眺》

马臻（1254—？），字志道，别号虚中，钱塘（今浙江杭州）人。宋亡后学道，受业于褚伯秀之门，隐居西湖，擅书画，有《霞外集》传世。

马臻写有两首《浙江晚眺》，一为七绝，一为七律，不同时间写于西兴。

浙江晚眺

西兴渡口江风起，处处青山间白云。

一幅天然古图画，千金不羡李将军。

李将军，指李陵。李陵（前134—前74），字少卿，陇西成纪（今甘肃秦安）人，西汉名将，飞将军李广长孙。天汉二年（前99），跟随贰师将军李广利出征匈奴，率五千步兵与八万匈奴兵战于浚稽山，终因寡不敌众兵败投降。

七绝《浙江晚眺》大意为，傍晚的西兴渡口江风很大，吹散了远处青山间的白云。这景色虽然像一幅天然的古画，但不应该羡慕得了千金的汉代李陵将军。

西兴古镇

这首诗贬斥李陵投降匈奴没有气节的行为，暗示了马臻忠于南宋之心。

浙江晚眺

昔年吴越事并吞，留得青山只断魂。
落日正明渔浦渡，归鸦遥点范家村。
云分雨脚回沙溆，帆趁潮头出海门。
欲问凄凉千古意，鸱夷何处有儿孙？

沙溆，沙滩临水处。鸱夷，此处指伍子胥，《史记·伍子胥传》：“吴王闻之大怒，乃取子胥尸，盛以鸱夷革，浮之江中。”

七律《浙江晚眺》大意为，古代吴越相争越国吞并了吴国，那时候的人早已没有了踪影，现在只有两岸的青山还在。落日的余晖洒向渔浦渡，归途的乌鸦飞向远处的范家村。云雾化作雨水落在沙滩临水处，趁着涨潮赶快升起船帆出海。如果问千古兴衰有什么凄凉，伍子胥的子孙后代在哪里？

借凭吊伍子胥，抒发亡国之叹，这首诗感时的意思很明显，马臻所感之时当然是南宋之亡。

赵孟頫《钱塘怀古》

赵孟頫（1254—1322），字子昂，号松雪道人，吴兴（今浙江湖州）人，宋太祖赵匡胤十一世孙、秦王赵德芳嫡派子孙，以父荫补官，著名书法家、画家、诗人，与欧阳询、颜真卿、柳公权并称“楷

西兴古镇

书四大家”。宋亡，家居，后被荐举授兵部郎中、江浙儒学提举、翰林学士等，有《松雪斋集》传世。

钱塘怀古

东南都会帝王州，三月莺花非旧游。
故国金人泣辞汉，当年玉马去朝周。
湖山靡靡今犹在，江水悠悠只自流。
千古兴亡尽如此，春风麦秀使人愁。

三月莺花，从丘迟《与陈伯之书》中“暮春三月，江南草长，杂花生树，群莺乱飞”脱化而来，指江南春天美景。金人辞汉，汉武帝在长安建章宫前造神明台，上铸铜仙人，手托承露盘以储甘露，饮之以求长生不老。三国时魏明帝把铜人拆下来运往洛阳，相传铜人被拆时目中流泪。后人用此表达亡国之哀。玉马朝周，《史记·宋微子世家》“箕子朝周，过故殷墟，感宫室毁坏生禾黍……乃作麦秀之诗”，“朝周”“麦秀”，也表达了亡国之痛。这些典故都是用来哀悼故国的。

《钱塘怀古》大意为，东南都会的钱塘（杭州别称）曾经是帝王居住的地方，这里的春天依然有草长莺飞的美景，可今天到此并不是当年的游赏。铜人离开故园会洒泪相别，箕子路过殷墟时会作“麦秀之诗”。钱塘湖山依旧，江水不停奔流。千古兴亡大都如此，在春风里诵读“麦秀诗”，让人愁绪满怀。

在南宋灭亡之后，赵孟頫身为宗室后代，再到杭州，江山依旧，物是人非，免不了怀古伤今。

胜迹寻踪

千年白塔望钱江

虽说是土生土长的杭州人，杭州的不少名胜古迹还是没有去寻访过。就说这闸口白塔吧，多少次路过，多少次说去看看，车一过，就没有下文了。这回发个心，特意去了。

白塔是杭州地面现存最早的建筑之一，建于1000多年前。1930年，梁思成先生和妻子林徽因对白塔做测绘、研考，梁思成写成《浙江杭县闸口白塔及灵隐寺双石塔》一文说：这样的建筑实体，跟宋李诫《营造法式》相互印证，闸口白塔作风规制几乎与灵隐双塔如出一范，与双塔比较，白塔属于同时代，是没有疑问的，乃至同出一匠师之手，亦大有可能，其为晚唐五代至宋初南方以至全国此类石塔的经典之作。

钱塘江边，距六和塔不远处，现在有白塔公园，白塔就在公园内。白塔有九层，大约15米高，楼阁式塔，平面八边形。塔基雕刻的纹饰是高山、海浪等，塔基上面有须弥座。须弥座上面刻着佛经，往上有九层，每一层都由塔身、塔檐和平座三部分组成，塔身上有浮

白塔

白塔

雕，讲述佛教故事，浮雕人物形象生动。塔身没有具体的纪年，塔的第九层西南面有一尊大耳圆脸、面容慈祥、头戴刻有“王”字的官帽的像，有人认为是吴越国王钱弘俶。如果确实是钱弘俶，那白塔的建造年代就明确了。

相较于现在白塔斑驳而孑孑独立的身影，1000多年前的白塔矗立于江河交汇之地的闸口白塔岭，应是阅尽繁华无数。为何建白塔，已不可考。不过从地理位置看，似乎白塔更像是导航引渡的标志，当年附近还有白塔寺、白塔桥等。

南宋《咸淳临安志》载，白塔岭和白塔“在钱塘县龙山之东”。《梦粱录》载：“白塔岭，在龙山之东。”“龙山儿头岭名白塔岭，岭有石塔存焉。”南宋的“龙山”指的就是现今的玉皇山。

白塔所在地泛称闸口，沟通钱塘江和城内水系的龙山闸就在白塔岭下，所以这个地方叫做闸口。吴越国筑捍海塘的同时，对城区内河大规模整治，据《十国春秋》载：“置龙山、浙江两闸以遏江潮入河。”这两座闸的开通，使得从温州、台州、明州（宁波）来的海船，还有从衢州、婺州（金华）、严州（建德）来的江船，可以从闸口进入杭州的内河（中河）。

北宋范仲淹［989—1052，字希文，苏州吴县（今江苏苏州）人，他的《岳阳楼记》“先天下之忧而忧，后天下之乐而乐”名句流传千古。大中祥符八年（1015），范仲淹进士及第，庆历三年（1043）出任参知政事，发起“庆历新政”，著有《范文正公文集》］1049年主政杭州时写下的《过余杭白塔诗》颇有纪实的意思：

登临江上寺，迁客特依依。
远水欲天际，孤舟曾为归。
乱峰藏好处，幽路得闲飞。
多少天真趣，遥心结翠微。

南宋初，从白塔岭至南星桥沿江地区，居住人口就开始密集。绍兴十一年（1141），临安府知府奏请，府城之外南北相距三十里，人烟繁盛，可以与外地的一县相比，建议江涨桥、浙江置城南北左右厢。《乾道临安志》记载，宋高宗“圣旨依”。到宋宁宗嘉定七年（1214），城南左厢已有美政坊和状元坊两个人口集中的居住区，状元坊就是白塔岭地区。

南宋时，白塔邻近皇城，可以望见凤凰山下金碧辉煌的宫阙，

白塔公园

闸口是进入皇城的必经之地，有人在这里卖“地经”——《朝京里程图》，将京城临安及所属来往通道、里程和驿站等一一标明，卖给进京者。当时还流传有一首诗讥讽偏安一隅的南宋朝廷：

白塔公园

白塔桥边卖地经，长亭短驿甚分明。
如何只说临安路，不数中原有几程？

元末明初钱惟善［？—1369，字思复，钱塘（今浙江杭州）人，传为钱镠后人］写有《晚雨过白塔》诗：

宋宫传是唐朝寺，白塔崔嵬寝殿前。
夏雨染成千树绿，莫岚散作一江烟。
苍苔门外铜铺暗，细柳营中画角传。
寂寞葫芦宫井畔，野人拾得旧金钿。

遥想当年，烟雨中，诗人乘船出中河过闸口入钱塘江，遥望白塔依旧，江山却已几度易主，感慨之中写下了《晚雨过白塔》诗，全诗透着对昔日钱王吴越之地繁华的眷恋，颇有“朱雀桥边野草花，乌衣巷口夕阳斜”的味道。

元后，闸口划出了城外，逐渐冷落，不过仍然是钱塘江北岸的交通要津。在二十世纪仍通竹木筏，民国时期浙江第一码头、南星桥的火车货运站都设在这里。现在的白塔公园是一座历史建筑和铁路工业遗存保护与利用的城市文化公园。当然，公园的主角肯定是白塔了。

王安石到过杭州哪些地方?

王安石虽然没有在杭州为官，但是他到过杭州，并且写过几首诗，留下了在杭州的印迹，也算是与杭州有缘了。

王安石（1021—1086），字介甫，号半山，临川（今江西抚州临川）人。王安石出道很早，庆历二年（1042），二十二岁进士及第，做过扬州签判、鄞县知县、舒州通判等，政绩显著。熙宁二年（1069），任参知政事，第二年拜相，主持变法。

我们这里要说的是北宋皇祐二年（1050），王安石三十岁时，在浙江鄞县知县任满，回家乡临川，路过杭州，也许有友人相邀，在杭州小住，当然要看看西湖的山山水水、走访名胜古迹，于是留下了诗篇。我们从他的诗作里知道，他在杭州到过这些地方：

王安石在杭州到过的第一个地方是望湖楼。有《杭州望湖楼回马上作呈玉汝、乐道》纪事：

水光山气碧浮浮，落日将归又少留。
从此只应长入梦，梦中还与故人游。

读这首诗，知道王安石与与韩缜（字玉汝，曾出使西夏）、杨畋（号乐道，将门之后）是故交，很可能他们相约到杭州，一同游览西湖，登望湖楼饱览湖光山色，在望湖楼下三位挥手分别。这首诗是王安石与韩缜、杨畋分别后在马上所作，才分手就牵挂，可见朋友情谊浓。

望湖楼曾经是杭州西湖著名景点，原建筑早已不存。现在我们看到的望湖楼是20世纪80年代重建的。

望湖楼原名看经楼，在当时的昭庆寺（现在杭州青少年活动中心）前，始建于北宋乾德五年（967），吴越王钱弘俶所建，到宋时改名为望湖楼。为什么取名看经楼？可能与昭庆寺相关。昭庆寺是钱弘俶的父亲钱元瓘所建，当时称菩提院。宋太平兴国七年（982），敕赐“大昭庆寺”。昭庆寺曾经是一个规模宏大的寺院，寺院外围建筑一直延伸到西湖边。因此，在昭庆寺前西湖边建看经楼（望湖楼）似乎是顺理成章的事情了。

游客从西湖码头登岸后，沿着石板路穿过石牌坊和山门，便到了天王殿前的万善桥。万善桥的西面还另有一座涵胜桥，西湖水由南往北、再由西往东，流经涵胜桥和万善桥后，注入青莲池。1926年西湖边拓建马路，拆掉了昭庆寺的前殿天王殿，万善桥也不复存在了，还填掉了桥下的青莲池，殿前的古樟至今仍存数株。

登望湖楼，近观碧波如镜，远眺群山环绕，湖中画舟点点，湖中三岛如三颗明珠闪烁于湖水之上，有时朦朦胧胧，有时却清晰如画，

望湖楼

是煮茗把酒欣赏西湖万种风情绝佳处，引来历代许多文人墨客的题咏。王安石到杭州，少不得要登望湖楼，纵览湖光山色之后自然要作诗。

王安石在杭州到过的第二个地方是圣果寺，有《游杭州圣果寺》纪事：

> 登高见山水，身在水中央。
> 下视楼台处，空多树木苍。
> 浮云连海气，落日动湖光。
> 偶坐吹横笛，残声入富阳。

这首诗描述了胜果寺的景致。

胜果寺原在杭州凤凰山箬帚湾内山坞。初建于隋代，后因唐代番僧文喜在寺里静坐得道而更名为“胜果”，又名“圣果”。宋庆历初，因仁宗赐“崇圣塔”额而称“崇圣寺”。南宋时胜果寺为宫廷内苑供奉之所，后湮没。明洪武年间，胜果寺重建，此后有诸多文人雅士为寺题额。胜果寺佛殿后石壁上，有五代吴越国时镌刻高达6米的弥陀、观音、大势至三圣石像及十八罗汉，人称“三佛石”，旧时石佛上建有阁，阁后平地上有佛祖亭。明嘉靖年间倭寇入侵被焚，后由僧正因重建，天启年间又毁。清初寺院逐渐恢复，清乾隆三十年（1765）高宗弘历南巡到杭州，为胜果寺题“江湖广览”“澄观堂”两匾额。

胜果寺藏于深山幽谷之中，明张岱《西湖梦寻》称：“松径盘纡，涧淙潺濇，罗刹石在其前，凤凰山列其后，江景之胜无过此。”

胜果寺整体建筑毁于清咸丰时。

胜果寺至今留下的历史遗迹不少，是凤凰山古迹最集中的地方。摩崖上1平方米大小的“凤山”两字系南宋王大通所书，还有宋高宗手书“忠实”两字。山崖上的石刻十八罗汉像，虽经千年已残损，但多数仍能辨认。凤凰池半在洞内半在洞外，洞寒泉冽。此外还有通明洞、放光岩以及当年殿堂的地基等。

宋高宗手书“忠实”

王安石在杭州到过的第三个地方是飞来峰，有《登飞来峰》纪事：

飞来山上千寻塔，闻说鸡鸣见日升。
不畏浮云遮望眼，自缘身在最高层。

这首诗不仅是写游览登高，更是借景抒怀。有人说，透露出王安石渴望被朝廷重用，实现革新变法、富国强兵的愿望和抱负。这是把日后王安石拜相实行变法与这首诗联系起来的理解，也有一定的道理。不过，对于三十岁的王安石来说，恐怕当时还不一定有日后拜相变法的清晰仕途目标，但是“达则兼济天下”的理想肯定是有的。

飞来峰为杭州佛教名山，又名灵鹫峰，高168米，山体由石灰岩构成。飞来峰由于长期受地下水溶蚀作用，形成了许多奇幻多变的洞壑，如龙泓洞、玉乳洞、射旭洞、呼猿洞等。据说飞来峰过去有72个洞，但因年代久远，多数已湮没。仅存的几个洞，大都集中在飞来峰东南一侧。

飞来峰面朝灵隐寺的山坡上，遍布五代以来的佛教石窟造像，有300多尊。石刻有西方三圣像（五代）、卢舍那佛会浮雕（北宋）、布袋和尚（南宋）、金刚手菩萨、多闻天王、男相观音（均为元代）。其中，最为著名的是喜笑颜开、袒胸露腹的弥勒佛，是飞来峰石窟中最大的造像，为宋代造像艺术的代表作。

王安石在杭州的游览以一首《杭州呈胜之》结束：

飞来峰弥勒佛造像

游观须知此地佳，纷纷人物敌京华。
林峦腊雪千家水，城郭春风二月花。
彩舫笙箫吹落日，画楼灯烛映残霞。
如君援笔宜摹写，寄与尘埃北客夸。

这首诗除了对杭城景物风俗赞叹之外，我们还可以读出三个信息：一个是王安石拿杭州与京城汴梁（今开封）比，觉得不相上下，这是他对杭州的总体印象；再一个是王安石到杭州的时间是“二月”；还有一个是假设，如果以您（胜之）的妙笔来描写杭州，京城的人看了一定会“惊艳”。

这首诗是写给胜之的，胜之是谁？王益柔（1015—1086），字胜之，洛阳人，庆历四年（1044）以殿中丞召试，授集贤校理，曾在扬州、亳州、江宁、应天府为官。王益柔好学，博通群书，一日能写数千言的策论。司马光曾对人说，自他著《资治通鉴》，人们多请求读看，但未看完一张纸，便已打呵欠想瞌睡。能够把它全部读完的人，只有一个王胜之。庆历年间，王安石与王益柔先后被朝廷录用，可能这期间有交往。

孤山寺寻迹

说到描写杭州西湖景色脍炙人口的诗，唐代白居易的《钱塘湖春行》肯定是其中之一：“孤山寺北贾亭西……”

年少时读这首诗，对“孤山寺”三个字并不在意，前时去孤山，进中山公园大门，走栈道看清行宫遗迹，随口吟诵“孤山寺北贾亭西……”，忽然想：孤山寺在哪里？上孤山寻了一圈，未见有任何遗迹。既然白居易有“孤山寺北贾亭西”诗句，孤山上肯定曾经有过孤山寺。

翻阅古诗文，有关孤山寺的诗还真不少。除了《钱塘湖春行》，白居易还有《西湖晚归回望孤山寺赠诸客》《孤山寺遇雨》，与白居易同时代的张祜（约792—约854，字承吉，清河人，隐士）写有《题杭州孤山寺》：

楼台耸碧岑，一径入湖心。

不雨山长润，无云水自阴。

孤山壁

断桥荒藓涩，空院落花深。

犹忆西窗月，钟声在北林。

张祜这首诗对孤山寺有细致描述：高耸的楼台建在陡峭的山上，一条小路直通湖心中央；即使不下雨山色也经常郁郁葱葱，哪怕没有云彩水面也是湛蓝湛蓝的；远处断桥上长满了斑驳的苔藓，近处院落里铺满了落花；想起当年在西窗望月时的情景，悠扬的钟声从山北的林中传来。

与白居易同时代的许浑［约793—约859，字用晦，润州（今江苏镇江）人，多写田园诗］写有《夜归孤山寺却寄卢郎中》：

青山有志路犹赊，心在琴书自忆家。
醉别庾楼山色晓，夜归萧寺月光斜。
落帆露湿回塘柳，别院风惊满地花。
他日此身须报德，莫言空爱旧烟霞。

许浑这首诗描述了作者夜归孤山寺的情景。“夜归”二字表示作者寄宿孤山寺已非一日。可见在唐代，孤山寺僧人就与文人学士多有交往。

几百年以后，到了宋代，孤山寺僧人仍然与文人学士多有交往。北宋林和靖即林逋［968—1028，字君复，钱塘（今浙江杭州）人，幼时刻苦好学，通晓经史百家，后隐居西湖孤山，养鹤植梅，宋仁宗赐谥“和靖先生”］写有《孤山寺》：

云峰水树南朝寺，只隔丛篁作并邻。
破殿静披斋臼古，斋房闲试酪奴春。
白公睡阁幽如画，张祜诗牌妙入神。
乘兴醉来拖木突，翠苔苍藓石磷磷。

清乾隆领要阁遗址

在林和靖笔下，古朴的孤山寺仍然留有白居易和张祜的踪迹。

林和靖还有一首《孤山寺端上人房写望》：

底处凭阑思眇然，孤山塔后阁西偏。
阴沉画轴林间寺，零落棋枰葑上田。
秋景有时飞独鸟，夕阳无事起寒烟。
迟留更爱吾庐近，只待重来看雪天。

诗人在孤山寺端上人房间里凭栏远眺：透过阴郁的树林，隐隐约约可看见寺院，水面上一块块的葑田（也称架田）零星地飘着，好似棋盘上的方格子。夕阳下这里很安静，农夫们都已荷锄归家了，远处

青石须弥座台基遗构
Remain structure of terrace foundations
in blue stone Sumeru Pedestal

孤山遗迹

炊烟袅袅，偶尔飞过一只小鸟。我喜爱这个与自己家相近的地方，可以迟一点回家。等到雪花纷飞时，再来这里观赏雪景。

林和靖隐居地与孤山寺同在孤山，他能进入端上人房内饱览湖光山色，可见他与僧人多有交往。

苏东坡也与孤山寺僧人有交往，他的《腊日游孤山访惠勤、惠思二僧》，记录了大冬天里上孤山寺的情形：

天欲雪，云满湖，楼台明灭山有无。
水清出石鱼可数，林深无人鸟相呼。
腊日不归对妻孥，名寻道人实自娱。
道人之居在何许？宝云山前路盘纡。
孤山孤绝谁肯庐？道人有道山不孤。
纸窗竹屋深自暖，拥褐坐睡依团蒲。
天寒路远愁仆夫，整驾催归及未晡。
出山回望云木合，但见野鹘盘浮图。
兹游淡薄欢有余，到家恍如梦蘧蘧。
作诗火急追亡逋，清景一失后难摹。

熙宁四年（1071），苏东坡上书议论新法的弊病得罪王安石，十二月，被贬往杭州任通判，他游孤山访惠勤、惠思后作此诗，惠勤、惠思都是余杭人，都擅长写诗。

这首诗大意为：西湖上空阴云密布，将要下雪；远处的楼台与青山隐隐约约，似有似无。山中溪水清澈，可以看见水底的鹅卵石，那些游来游去的鱼清晰可数；幽深的树林看不见人的踪迹，只有鸟鸣与

清行宫遗址
Remains of Temporary Imperial Palace of the Qing Dynasty
楠木寝宫遗址
Site of Nanmu Palace
楠木寝宫为皇帝生活起居的宫殿，是清行宫主轴线第三进主体建筑，坐北朝南，五开间加周围廊格局。现存台基为清代原物，面宽约28米，进深约14米，上有清代汉白玉云龙纹柱础5只。寝宫西侧围墙青石须弥座墙基为清代原物，东侧有前廊接东厢房。寝宫北侧尚有第四进院落，为后照房，现仅揭示部分院落铺装。
As the palace for emperor's daily life, Nanmu Palace is the third main building of the Temporary Imperial Palace of the Qing Dynasty (1644-1911). The living palace, facing south, has five bays and a ringed corridor. The existing foundation, 28 meters wide and about 14 meters deep, was originally constructed in the Qing Dynasty. There are five white marble column bases with cloud and dragon designs from the Qing Dynasty. The bluestone west wall foundation in the form of Sumeru Pedestal is also a relic from the Qing Dynasty. To the east, there is a corridor connecting the east wing-room. To the north, there are remains of the fourth courtyard serving as the rear house. Now only part of the courtyard pavement is displayed.

孤山遗迹

我相应。今天是腊日，我不在家陪着妻子儿女，说是去寻访僧人，其实是寻找快乐。僧人的禅房在哪里？就在小道狭窄弯曲的宝云山前。孤山孤独地耸立在那里，有谁愿意住在这孤独的地方？只有道行高深的僧人，居住在孤山，而不觉得孤单。虽然窗纸薄、竹屋透风，却仍然感到很暖和，惠勤与惠思，他们裹着僧衣，在蒲团上打坐修行。天寒路远，仆人催我赶快回家，告别惠勤与惠思时，还没有到晚餐的时候呢。离开孤山回头眺望山中景色，树林被厚厚的烟云笼罩着，老鹰在佛塔上空飞翔盘旋。这次出游孤山虽然简单，但我心中感到非常快乐。回到家中还神思恍惚，真像是刚从梦中醒来的那样，不过出游的经历还历历在目。我急忙提笔写下了这首诗记录出游孤山的经历，唯恐稍有延迟，那些清丽的景色会从我脑海中消失，再也无法描摹。

苏东坡虽然是初次造访孤山寺，对孤山寺的喜爱已经流露于笔端，当然也可能与惠勤、惠思很投缘。

孤山寺确实在中唐就有，不仅古诗中有描述，史料中也有记载，我们从与白居易同时代的元稹的《永福寺石壁法华经记》中可以略知一二："按沙门释惠皎自状其事云：永福寺一名孤山寺，在杭州钱塘湖心孤山上。石壁《法华经》在寺之中，始以元和十二年严休复为刺史时惠皎萌厥心，卒以长庆四年白居易为刺史时成厥事。上下其石六尺有五寸，短长其石五十七尺有六寸，座周于下，盖周于上，堂周于石，砌周于堂。"（《全唐文》卷六百五十四）原来白居易还真与孤山寺有交集。至于孤山寺何时湮灭，未知。南宋时孤山建有西太乙宫、四圣延祥观，后湮灭。到了清代，康熙、乾隆时，孤山建有行宫，至今遗迹尚在。

清行宫遗址
Remains of Temporary Imperial Palace of the Qing Dynasty
绿云径
Luyun Path
绿云径原为清乾隆帝（1735–1795年在位）御题“行宫八景”之一。此地密林笼翠，烟云滋润，假山奇峰如闲云飘然，故乾隆题曰“绿云径”，并赋诗题咏：“径纡探绝胜，森秀入苍云。苔迹时留印，樵斤未许闻。蒙蒙湿鹤氅，濯濯润螺纹。谢傅东山好，微嫌丝竹纷。”现存部分假山和三块乾隆御题诗文石刻。
Originally, Luyun Path was one of the "Eight Scenic Spots of the Temporary Imperial Palace" named by Emperor Qianlong (on the throne from 1735 to 1795) of the Qing Dynasty (1644-1911). It was encircled in green by dense woods. When enveloped in mist and cloud, the rockeries and peaks look like floating clouds in the air. Emperor Qianlong inscribed the name of "Luyun Path" meaning Path of Green Clouds and composed a poem: "The roads lead to mysterious sights, the woods pierce into the high clouds. About the footprints on the moss, the woodman knows nothing. Misty cranes' feathers, watery snails' patterns. As gorgeous as the East Mountain, only there is too much bamboo." Part of the rockeries and three steles insc Emperor Qianlong's poems remain today.
绿云径

望湖楼下水如天

外地游客来杭州，断桥是必到之处。距离断桥几百米处的北山路边，宝石山下，有一处绿树掩映、岩峦烘托、飞檐凌空、典雅古朴的楼阁，陪同的人无论是导游还是朋友，都会简单地告诉你，这是望湖楼，苏东坡有一首诗里写的“望湖楼下水如天”，说的就是这里。然后一行人会匆匆而过，向断桥奔去，少有人登楼。

偶尔也有心细的人会问，望湖楼距离西湖湖岸有近百米，怎么会“望湖楼下水如天”呢？

问得好。

望湖楼曾经是杭州西湖的著名景点，原建筑早已不存。现在我们看到的望湖楼是20世纪80年代重建的。

苏轼的《六月二十七日望湖楼醉书》令望湖楼声名远播：

黑云翻墨未遮山，白雨跳珠乱入船。
卷地风来忽吹散，望湖楼下水如天。

这首诗大意为：翻滚的乌云上涌，就如墨汁泼下，却还有山峦未被遮盖。雨滴像白玉珠子一般，落入船里。忽然间狂风卷地而来，满天的乌云被吹散，西湖的碧波与蓝天浑然一体。

熙宁五年（1072）六月二十七日，苏东坡和友人一起泛舟西湖。六月天气多变，不一会儿，艳阳高照转为乌云密布，继而风雨大作，船夫赶紧把他们送到就近的望湖楼。他们在望湖楼里边饮酒边欣赏西湖美景。此时，苏东坡不可能不诗兴大发，于是有了《六月二十七日望湖楼醉书》，可惜苏东坡醉书的墨宝没能流传下来。如果流传下来，那会是怎样的一种恣意洒脱啊！

其实，苏轼那天在望湖楼写的《六月二十七日望湖楼醉书》不是一首诗，而是五首诗，最为人们熟知的就是上面这首，让我们再来读一读其余四首：

其二

放生鱼鳖逐人来，无主荷花到处开。

水枕能令山俯仰，风船解与月裴回。

其三

乌菱白芡不论钱，乱系青菰裹绿盘。

忽忆尝新会灵观，滞留江海得加餐。

其四

献花游女木兰桡，细雨斜风湿翠翘。

无限芳洲生杜若，吴儿不识楚辞招。

其五

未成小隐聊中隐，可得长闲胜暂闲。

我本无家更安往，故乡无此好湖山。

望湖楼

西湖

这四首诗大意为：鱼鳖虽然已经被放生却还追赶着人们，不知道谁种下的荷花连片盛开，很是壮观。躺在被风吹得晃晃悠悠的游船里，流连忘返。湖里生长的乌菱和白芡不用花钱买，水中的雕胡米就像被包裹在绿盘里。回想起在会灵观品尝新米，漂荡在江海上确实应该多吃一些食物。热情的采莲女采来荷花送给游人，她们头上的翠翘被细雨打湿，仍然不失乡野之美。小洲上长满了香草，也许采莲女并不知道那是《楚辞》里说的香草。我不一定能隐居山林，但想法儿做个闲官暂时还是可以的。我本来就没有家，不安身在这里又能去哪里呢？何况就算我有故乡，那里也没有像这里这样优美的湖光山色。

儿乎是同样的季节同样的情境，元祐四年（1089）七月，苏东坡以龙图阁学士除知杭州军州事，与朋友雨中游西湖，又写下了《与莫同年雨中饮湖上》［莫同年指莫君陈，他与苏轼同为嘉祐二年（1057）进士，所以称同年］一诗：

到处相逢是偶然，梦中相对各华颠。
还来一醉西湖雨，不见跳珠十五年。

“还来一醉西湖雨，不见跳珠十五年”，苏东坡想起了十几年前泛舟西湖风雨骤至，想起了当时写《六月二十七日望湖楼醉书》的情景，感慨时光飞逝。

苏东坡是真的喜欢望湖楼，他有一首《临江仙·疾愈登望湖楼赠项长官》：

多病休文都瘦损，不堪金带垂腰。
望湖楼上暗香飘。
和风春弄袖，明月夜闻箫。
酒醒梦回清漏永，隐床无限更潮。
佳人不见董娇饶。
徘徊花上月，空度可怜宵。

项长官，苏东坡同僚。休文，南朝梁文学家沈约，字休文，体弱多病。元祐五年（1090）春，苏东坡卧病一月余，病愈后和同僚项长官登上望湖楼赏景，写了这首词赠项长官。

这首词大意为：体弱多病的休文连垂腰的金带都不堪佩系了。花香在望湖楼四处飘散，春风吹拂着我的衣袖，举头仰望，皓月当空，耳边传来悠扬的箫声。酒喝多了酣睡，漏壶的滴水声，惊醒了我的梦。侍酒的美人不见了，自己像月亮独自徘徊在天空般寂寞，如此度过一个良宵也真是太遗憾了。

苏东坡刚刚病愈，身体虚弱，夜晚登上望湖楼，填词抒发孤寂的心绪。

宋人在望湖楼留下的诗篇不少，这里选几首。

北宋李建中（945—1013），字得中，京兆（今陕西西安）人，曾任太常博士等职，写有《杭州望湖楼》：

小艇闲撑处，湖天景物微。
春波无限绿，白鸟自由飞。
落日孤汀远，轻烟古寺稀。
时携一壶酒，恋到晚凉归。

北宋蒋堂（980—1054），字希鲁，常州宜兴（今属江苏）人，写有《寄题望湖楼》：

城上危楼势孤峙，楼头尽见湖中水。
水色澄明游者多，古来雅以鉴为比。
家家画舫日斜归，处处菱歌烟际起。
清涟蒙润一都会，碧底涵空三百里。
溥哉利及镇东人，而我常嗟马臻死。

今兹史君多感慨，所以望湖心不已。
频登雉堞追古往，盛集宾朋为宴喜。
楼南极目芙蓉花，万叠红英照千骑。

北宋潘阆（？—1009），宋初著名隐士，字逍遥，大名（今属河北）人，今存《酒泉子》十首，写有《望湖楼上作》：

望湖楼上立，竟日懒思还。
听水分他浦，看云过别山。
孤舟依岸静，独鸟向人闲。
回首重门闭，蛙鸣夕照间。

南宋林季仲（生卒不详），字懿成，号竹轩，永嘉（今浙江温州）人，写有《登望湖楼》：

胡尘漠漠暗中州，无力持颠漫自忧。
花鸟相逢非昔日，不堪重上望湖楼。

林季仲在宋高宗时为官，反对朝廷和议，做过婺州知州。这首诗写出了诗人登上望湖楼时的沉重心情。也许诗人登上望湖楼参加官方活动时身不由已，虽然眼前湖光山色迷人，但想到了北方大好河山沦落。这首诗与林升的“西湖歌舞几时休”、陆游的“遗民泪尽胡尘里，南望王师又一年”都表达了类似的情感。

从风波亭到众安桥

风波亭，原是杭州南宋时大理寺（最高审判机关）狱中的亭名，后世代指大理寺狱。绍兴十一年农历十二月二十九日（1142年1月27日），一代抗金名将岳飞以“莫须有”的罪名在狱中被害。

简单交代一下岳飞被害。岳飞（1103—1142），字鹏举，相州汤阴（今河南汤阴）人，南宋抗金名将，曾任太尉等职。事母至孝，他母亲在他背上刺了“尽忠报国”四个字，岳飞一生铭记并身体力行。宗泽招募部下，岳飞投身帐下，率兵屡破金兵，宋高宗赵构手书“精忠岳飞”四个字，做成军旗赐给他。1129年，金兀术渡江南进，攻陷建康，岳飞于次年收复建康，大破金兵“拐子兵”于郾城，收复郑州、洛阳等地，准备进军朱仙镇。岳飞率领的军队被称为岳家军，金兵非常害怕，当时流传着“撼山易，撼岳家军难”这样的话。此时，宋高宗赵构和宰相秦桧等力主议和，一日降十二道金牌召岳飞回临安，随后被解除兵权，任枢密副使。绍兴十一年（1142），秦桧诬岳飞谋反，将其逮捕入狱。同年农历十二月二十九日，秦桧以“莫须

撼山易撼岳家军难

有”的罪名将岳飞毒死于临安，岳飞仅三十九岁，他的儿子岳云和部将张宪也同时被腰斩于众安桥。

关于岳飞如何从抗金功臣变为“谋反者”，如何从被赵构欣赏到与赵构交恶被秦桧诬陷，以及岳飞死因，史家有各种研究，这里暂且按下不表，先来说说风波亭与众安桥。

南宋时，风波亭在杭州的哪里？

要寻找风波亭，先要找到大理寺。南宋的大理寺，是当时的最高法院。风波亭在大理寺监狱内，这是历史学界的共识，就不多说了。

据《浙江通史·宋代卷》记载：大理寺，在仁和县署，小车桥附近。这与清代的“浙江按察司署”位置大致相同。也就是现在的庆春路与延安路交叉口。这个地方从南宋到民国一直是监狱，杭州解放后这里变成看守所和行政拘留所，到20世纪80年代才迁移，在这个地块上盖起了望湖宾馆。附近的庆春路上（和延安路交叉口）原本还有岳飞女儿银瓶公主投井自尽的银瓶公主井和纪念的亭子，直到20世纪80年代拓宽青春路时才拆除。

也就是说，南宋的风波亭是在如今小车桥这一带。风波亭毁于何时，无考。

小车桥东起东坡路，西连武林路，长190米，是宋代延续下来的地名。清末的小车桥在大车桥北、国子监后，即清按察司署。民国时期，国民党政府建为陆军监狱，专门关押政治犯人，老百姓俗称为“小车桥监狱”。新中国成立后，路北建望湖宾馆。1997年建海华大酒店时，“小车桥”地名消失。现在只有一个公交站还保留着“小车桥”站名。

杭州市政府按照宋代样式和风格在古钱塘门附近重建了风波亭和

风波亭

风波桥

风波桥，并在风波亭旁恢复纪念岳飞之女岳银瓶的孝女井，2003年10月1日建成对外开放。

重建的风波亭重檐八角黑瓦，亭柱上有一副对联，清朝人沈衍所作：

有汉一人，有宋一人，百世清风关岳并；
奇才绝代，奇冤绝代，千秋毅魄日星悬。

再说说众安桥。

众安桥跨古清湖河（浣纱河），北宋元祐四年（1089）苏轼在杭州任知州，他捐出俸银五十两设安乐坊（公益医院），三年里免费医好了上千的病人，杭州人感怀苏轼的功德，把附近的一座桥称为众安桥。南宋的时候，众安桥为御街必经之地，是皇帝宗庙祭礼必经之处。桥南有北瓦，有十三座勾栏，杂剧、傀儡、相扑、皮影、杂技等三十多个种类的娱乐节目可同时在这里演出。元宵灯会，这里也游人摩肩接踵，非常热闹。

绍兴十一年十二月二十九日（1142年1月27日），岳飞被害于大理寺狱的同时，岳飞的儿子岳云和爱将张宪也在众安桥被腰斩。1867年，典史吴延康据传闻认定众安桥河下为岳飞遗骸初葬处，建起了显忠庙和岳墓，民国二十五年（1936）填河建路时桥失去功能，还保留着桥栏杆。1992年庆春路改建时拆除了桥栏杆，桥西建有绿地和亭子，2005年又增加了一处百戏的群塑，还在这里立石碑记叙历史变迁。

回过头来说几句南宋。无论南宋经济如何发达、文化如何辉煌，半壁江山、千万臣民、祖宗陵寝沦入敌手，为政者不努力收复总是非常耻辱，更何况经济实力还柱为世界第一。即使在极度繁华之中，有志之士仍然常怀悲愤之情，比如陆游。

让我们来读一读陆游的《关山月》：

和戎诏下十五年，将军不战空临边。
朱门沉沉按歌舞，厩马肥死弓断弦。
戍楼刁斗催落月，三十从军今白发。
笛里谁知壮士心，沙头空照征人骨。
中原干戈古亦闻，岂有逆胡传子孙！
遗民忍死望恢复，几处今宵垂泪痕。

这首诗的大意为：宋廷与金人签订议和的诏书已经过去了十五年，将军来到边疆不是为了收复失地。王公贵族日日歌舞升平，战马居然因为吃得太肥而撑死在马厩里，兵器库里长年不用的弓，弦已经朽断了。守望岗楼上报更的刁斗见证着日出和月落，三十岁参军到如今已经满头白发却还闲在边关。从笛声里能听出壮士的心思吗？是北人哀怨故土难回吧，月光照射着沙丘里将士的白骨，可惜他们不是为出征而死。也听说过古代中原一带的战争，哪里有异族在中原传宗接代的？沦陷地的百姓在面临死亡中盼望复国，有多少地方的民众今天晚上在流泪。

隆兴元年（1163）宋孝宗与金达成和议，到孝宗淳熙四年（1177）距当年议和已十五年了，南宋朝廷乐不思蜀。和戎其实是南宋向金人屈膝求和的冠冕堂皇的说法。诗人在罢官闲居成都感伤时事写下此诗。

清同治年间立碑记述银瓶公主事

众安桥南宋三英烈碑

300多年后，明代的文徵明［1470—1559，号衡山居士，长洲（今江苏苏州）人，与祝允明、唐寅、徐祯卿并称“吴中四才子”］在《满江红》中对“风波亭”事件的解读，同样悲愤满怀：

满江红

拂拭残碑，敕飞字，依稀堪读。
慨当初，倚飞何重，后来何酷！
岂是功成身合死，可怜事去言难赎。
最无端，堪恨又堪悲，风波狱。
岂不念，封疆蹙！岂不念，徽钦辱！
念徽钦既返，此身何属。
千载休谈南渡错，当时自怕中原复。
笑区区，一桧亦何能，逢其欲。

词的上半阕写了宋高宗赵构对岳飞先倚重、后残杀的事实。从出土的石碑上还可以看到当初赵构为岳飞题写的“精忠岳飞”四个字。既然当初倚靠岳家军大胜金兵，为什么还要加害于他呢？难道打败敌寇、取得胜利，就该死？世上竟然还有这样的道理？词的下半阕，追寻岳飞被害的原因。“千载休谈南渡错，当时自怕中原复”，如果岳飞成功地“收复失地、迎还二帝”，那赵构是否还可能做他的宋高宗呢？“笑区区，一桧亦何能，逢其欲”，写出了君相杀害岳飞的罪恶默契。

对于岳飞之死，史家分析还有其他因素，不过，文徵明《满江红》表达的意思，应该是主要因素。

宋代诗人笔下的钱江潮

钱江观潮，宋代比唐代更流行，宋代有更多的诗人写过钱江潮，限于篇幅，我们这里介绍六位诗人有关钱江潮的诗。

齐唐《观潮》

齐唐（987—1074），字祖之，越州会稽（今浙江绍兴）人，宋仁宗天圣八年（1030）进士，做过职方员外郎。

观潮

何意滔天苦作威，狂驱海若走冯夷。

因看平地波翻起，知是沧浪鼎沸时。

初似长平万瓦震，忽如圆峤六鳌移。

直应待得澄如练，会有安流往济时。

冯夷，水神。沧浪，水色青苍。瓦震，屋瓦震碎，形容潮水声势浩大。圆峤，传说中的仙山，常指隐士、神仙所居之地。六鳌，神话中负载五仙山的六只大龟。澄如练，清澈的江水如同白色的绸缎。安流，平稳的流水。济时，济世救时。

《观潮》大意为：为什么白浪滔天逞威风，是水神驱赶着海水倒流。像平地一样的水面忽然波浪翻滚，青色的水如同被煮沸了那样。潮水涌来时声震屋宇碎瓦，又像六鳌背负仙山压过来。潮水过去后江水如同白色的绸缎，平稳的水流就像平安的日子。

徐积《钱塘江潮二首》

徐积（1028—1103），字仲车，楚州山阳（今江苏淮安）人，宋英宗治平四年（1067）进士，做过扬州司户参军、和州防御推官。

钱塘江潮二首

其一

独派岂从天汉坠，千涛争趁海波还。
齐声怒过轰雷鼓，乱沫喷来碎玉山。
尘土刮开心目外，冰霜留在骨毛间。
君看江上潮平后，恰似鱼龙战斗闲。

其二

沧溟几道入江淮，此独奇哉复怪哉。
风雨初随霜练起，雷霆俄送雪山来。

钱江潮

岂无海物齐驱过，亦似神兵合阵回。
君向西湖亭上看，杭州不信有尘埃。

《钱塘江潮二首》大意为：

其一，钱塘江水独自从天而落，波浪汹涌如同海涛奔腾而来。涛声像轰隆隆擂鼓，水花四溅像破碎了的玉山。浪潮抛开了尘土，只把雪白的浪花留在江面上。潮水过去江上风平浪静，仿佛经历了一场鱼龙大战。

其二，海水涌入江道，这样的景象很奇特。潮水带来了风雨，雷霆送来像雪山一样的浪花。如果不是海上的怪物在驱动浪潮，也许是神兵在摆阵布局。风雨过后您看看，不要说西湖的亭台楼阁，就连整个杭州城的尘埃都被吹走了。

李觏《忆钱塘江》

李觏（1009—1059），字泰伯，号盱江先生，建昌军南城（今江西南城）人，精通儒学。

忆钱塘江

昔年乘醉举归帆，隐隐前山日半衔。
好是满江涵返照，水仙齐着淡红衫。

涵，包含。返照，夕阳，落日。红衫，着红衣的弄潮儿。

《忆钱塘江》大意为：当年喝醉酒乘船回乡，穿行在隐约可见的

（宋）夏圭《钱塘秋潮图》

（宋）李嵩《月夜看潮图》

两岸青山间。夕阳洒满江面，把站在船上的人的衣服都染红了。

韦骧《闻潮》

韦骧（1033—1105），原名让，字子骏，钱塘（今浙江杭州）人，宋仁宗皇祐五年（1053）进士，做过滁州通判、明州知州。

闻潮

钱塘江上吾家近，惯听秋潮动地鸣。

今日蓬莱于役处，却疑身在故乡行。

蓬莱，位于今山东省烟台市北部，北临黄海、渤海。

《闻潮》大意为：我的家就在钱塘江边上，听惯了八月潮水惊天动地的轰响。如今在蓬莱为官，听海涛声似乎觉得回到了故乡。

陈师道《十七日观潮》

陈师道（1053—1102），字履常，号后山居士，彭城（今江苏徐州）人，“苏门六君子”之一。

十七日观潮

漫漫平沙走白虹，瑶台失手玉杯空。

晴天摇动清江底，晚日浮沉急浪中。

平沙，广阔的沙原。白虹，日月周围的白色晕圈。瑶台，传说中的神仙居处。

《十七日观潮》大意为：钱江潮水像移动着的白色的广阔沙原，是不是天上神仙们不小心打翻了玉杯，水从天而降。白天浪潮使得江底的泥沙翻滚，晚上巨浪急急忙忙地此起彼伏。

刘黻《钱塘观潮》

刘黻（1217—1276），字声伯，号蒙川，温州乐清人。宋理宗淳祐十年（1250）入太学，做过监察御史、工部尚书。

钱塘观潮

此是东南形胜地，子胥祠下步周遭。
不知几点英雄泪，翻作千年愤怒涛。
雷鼓远惊江怪蛰，雪车横驾海门高。
吴儿视命轻犹叶，争舞潮头意气豪。

周遭，周围。蛰，动物冬眠。

《钱塘观潮》大意为：这里是柳永说过的东南形胜之地，地处伍子胥祠旁边。汹涌的钱塘江怒涛，是不是几千年前英雄的眼泪所化？如擂鼓般的涛声惊醒冬眠的水神，它像驾着雪车那样驶向海门。吴地弄潮儿把自己的生命看作轻飘飘的树叶，争着站立潮头舞动红旗显示出豪迈的气概。

渔浦江山天下稀

渔浦，地处钱塘江、富春江、浦阳江三江交汇处，水面辽阔，水深莫测，被称为“渔浦潭”。在古代，这里是水路要冲，往上行可达金华、衢州、严州（治所在今建德梅城），以及皖、赣、闽、广，往下行可至杭州、嘉兴、湖州以及沪、宁等地，至西兴连接浙东运河可至越州（绍兴）。宋朝在这里设镇建寨，明、清两朝，设渔浦巡检司，负责沿江防务和接送往来官员。

渔浦不仅地理位置重要，而且风光也非常好，古代许多诗人留下了大量诗篇，我们来读一些宋代与渔浦相关的诗篇。

潘阆《岁暮自桐庐归钱塘晚泊渔浦》

久客见华发，孤棹桐庐归。
新月无朗照，落日有余晖。
渔浦风水急，龙山烟火微。
时闻沙上雁，一一背人飞。

华发，花白的头发。孤棹，孤舟。龙山，在杭州南，即卧龙山，天目山分支。

这首诗大意为：我客居在外很长时间了，不觉头发已经花白，快过年的时候，独自一人坐船经桐庐回钱塘。在落日的余晖中淡淡的新月已经升起。船停泊在渔浦，江上风大水流湍急，伫立船头隐约可以看到远处龙山脚下缕缕炊烟。时不时听见沙洲上的飞雁在鸣叫，也许是它们被人惊扰匆匆飞离。

潘阆这首诗点题“晚泊渔浦”，却是动静相宜。前四句描述“静”，后四句落笔“动”，糅合了他羁旅的惆怅和即将回到钱塘故里的急切。

潘阆（？—1009），字梦空，号逍遥子，大名（今属河北）人，做过滁州参军，宋初著名隐士，性格狷狂，传世《酒泉子》十首比较有名。

刁约《过渔浦作》

一水相望越与杭，渡头人物见微茫。
翩翩商楫来溪口，隐隐耕犁入富阳。
市肆凋疏随浦尽，山峰重叠傍江长。
民瞻熊轼咸相谓，太守经行此未尝。

微茫，迷漫而模糊。翩翩，鸟轻飞的样子，此处指商船如飞鸟般驶来。市肆，店铺。凋疏，零落稀疏。熊轼，伏熊形的车前横木，古代高官所乘的车上用，也借指太守。相谓，互相告知。

这首诗大意为，钱塘江水使越州与杭州隔江相望，渔浦渡口人来人往众多。商船如飞鸟般驶像渡口，远处隐隐可以看见富阳田间耕犁的人。街上店铺林立直到渡口之外，山峦重叠起伏沿着富春江往上游延伸。老百姓看到熊轼的车乘经过互相猜测，可能是太守经过此地吧。

读此诗可以得知，刁约“过渔浦”不仅乘船，还很可能上岸走了走，顺便把渔浦渡的繁华景象记录下来了。

刁约（994—1077），字景纯，丹徒（今江苏镇江）人，宋仁宗天圣年间进士。

苏东坡《瑞鹧鸪·观潮》

碧山影里小红旗。侬是江南踏浪儿。
拍手欲嘲山简醉，齐声争唱浪婆词。
西兴渡口帆初落，渔浦山头日未攲。
侬欲送潮歌底曲，尊前还唱使君诗。

踏浪儿，指冲浪者。山简，晋人，好酒。西兴渡口，在钱塘江南岸。攲（qī），斜靠。使君，指杭州知州陈襄，当天他与苏东坡一同观潮。

这首词大意为：那些在碧波中舞动着小红旗的勇士，你们是踏浪而舞的弄潮儿。拍手想笑我像山简那样酩酊大醉，我正欣赏着两岸观潮人唱的浪婆词。近处西兴渡口赛舟的帆刚刚落下，远方渔浦山头的太阳还没有西下。我该唱哪一支曲送走潮水呢？我看对酒还应高歌知

（清）袁江《观潮图》

州陈襄作的诗。

这首词作于熙宁六年（1073）八月十五日，写了弄潮儿在浪涛中自由、活泼的形象，写了钱塘江潮退潮时候的景象，特别是“西兴渡口帆初落，渔浦山头日未欹”两句，把西兴与渔浦连在一起，可见宋时钱塘江的观潮区域包括了渔浦。

苏东坡（1037—1101），字子瞻，号东坡居士，眉州眉山（今四川眉山）人。嘉祐二年（1057）进士，先后在凤翔、杭州、密州、徐州、湖州等地任职。元丰三年（1080），因“乌台诗案”被贬为黄州团练副使。宋哲宗即位后任翰林学士、侍读学士、礼部尚书等职，后任杭州、颍州、扬州、定州等知州，晚年因新党执政被贬惠州、儋州，宋徽宗时获大赦北还，途中于常州病逝。

陆游《渔浦》

其一

桐庐处处是新诗，渔浦江山天下稀。

安得移家常住此，随潮入县伴潮归。

这首诗大意为：富春江两岸美景如诗，渔浦的景色天下少有。如果我能够把家安在渔浦常住在这里，既可以随着潮水进富阳城，又可以伴随着潮水回到渔浦。

其二

渔翁持鱼叩舷卖，炯炯绿瞳双脸丹。

我欲从之逝已远，菱歌一曲暮江寒。

这首诗大意为：捕鱼人拎着鱼篓拍着船舷叫卖，他的脸被太阳晒得通红，目光炯炯有神。看他模样我一时惊呆了，回过神来想买他的鱼，他却已经驾小舟划远了，随风飘过来他的歌声。

陆游《宿渔浦》

东归剡曲只三程，旅泊还如万里行。

灯影动摇风不定，船声鞺鞳浪初生。

曳裾非复白头事，瞑目那求青史名。

归去若为消暮境，一蓑烟雨学春耕。

剡曲，指山阴。鞺鞳（tāng tà），钟鼓声。裾，衣服的大襟；曳裾，拖着衣襟。

这首诗大意为：虽然东去回山阴的路程不多了，可是人生的旅程还很长。风浪拍打着船身发出嗒嗒的响声，灯影也不停地晃动。满头白发人连行走也拖着衣襟，还求什么死了以后青史留名。此次回乡只

（宋）佚名《沧海涌日图》（局部）

是为了消磨晚年时光，可以披着蓑衣在烟雨中学着春耕。

淳熙十五年（1188），陆游严州知州任满还乡，途经渔浦，连写三首同题诗，可见他对渔浦的喜爱。这些诗有画面感，还非常生活化，并且有对宦途的感慨。

陆游（1125—1210），字务观，号放翁，越州山阴（今浙江绍兴）人。宋孝宗赐进士出身，做过福州宁德县主簿等，力主抗金，曾投身军旅。宋孝宗淳熙十三年（1186）出任严州知州，宋宁宗嘉泰二年（1202）诏陆游入京，主持编修孝宗、光宗两朝《实录》和《三朝史》，官至宝章阁待制，有《剑南诗稿》等传世。

戴栩《渔浦》

久惭窍食侣鹓鸿，尚以诗名玷至公。
喜对亲慈说田里，了无事鄙到船篷。
涨流暂急潮差候，阴霭俄销月在空。
梦读道经人一笑，却怜疏直有仙风。

鹓鸿，鸿雁飞行有序，意思是比喻朝官的班列。阴霭，浓云。道经，道家或道教的经典。疏直，正直、坦率。

这首诗大意为：很惭愧做了很久的班列朝官，只是凭借诗名得到官职。很高兴可以对母亲说种田的事情了，在回家的船篷里没有什么大事可想的。看潮涨潮落水急水缓似有约定，云开雾散一轮明月当空。在梦里读道经惹人笑，可我就是喜欢正直的仙风道骨。

戴栩，字文子，永嘉（今浙江温州）人。宋宁宗嘉定元年（1208）进士，做过太学博士、秘书郎、衡州知州等。著有《诸子辩论》《东瓯郡要略》《浣川集》等。

真山民《渔浦晚秋旅怀》

西风吹梦越中游，剪剪轻寒入短裘。
雁字不将乡信写，蛩声空和旅吟愁。
邮亭冷雨孤灯夜，渔市斜阳一笛秋。
是处山川即吾土，仲宣何用怯登楼。

蛩，蝗虫的别名，俗称“蚱蜢”，古书中也指蟋蟀。仲宣，汉末文学家王粲的字，为“建安七子”之一，博学多识，文思敏捷。

这首诗大意为：深秋时节去往越中一游，阵阵寒意钻入衣中。远飞的大雁没有带来家乡的音讯，蟋蟀的叫声与旅途的吟诗交织在一起透出愁绪。驿站冷雨敲窗灯影里度过孤独之夜，夕阳下渔市的起落声透出秋意。这里的山川就是我该在的地方，博学多识、文思敏捷的仲宣会怯于登楼吗?

真山民，括苍（治所在今浙江丽水西）人，宋末进士，有《真山民诗集》传世。

（明）戴进《浙江名胜图卷》（局部）

李光《辛亥中春遂宫祠之请自渔浦转山入离渚宿化城以归道中成鄙句》

谁倩冰霜一扫空，旋烘和气转春风。
野田溢水层层落，山路催花树树红。
门巷旋教开竹径，姓名初喜挂琳宫。
江湖乍脱风波地，莫拟扁舟伴钓翁。

琳宫，仙宫，指道观、殿堂。

这首诗大意为：春风旋转而至，把冰霜一扫而空。梯田里的水层层往下落，山路边的树都开出了红花。竹径通向门庭里巷，欣喜地看到那里有道观。离开了纷繁的江湖风波，是不是要乘一叶扁舟去钓台与严子陵相伴？

李光（1078—1159），字泰发，号转物老人，越州上虞（今浙江上虞）人，崇宁五年（1106）进士，做过开化知县、常熟知县。宋高宗即位，先后迁吏部侍郎、参知政事，有《椒亭小集》《李庄简集》等传世。

沈辽《渔浦躬师》

江东江西多旧游，十载重来蓬鬓秋。
多愧老师观自在，殷勤渡口送归舟。

这首诗大意为：富春江江东和江西都是旧地重游，时隔十年再来已经两鬓斑白。见到老师我感到惭愧，怎么敢劳动大驾到渡口送别。

沈辽（1032—1085），字睿达，钱塘（今浙江杭州）人，沈遘的弟弟，《梦溪笔谈》作者沈括的同族兄弟。本无意于功名，后由三司使吴充举荐，负责监内藏库。

林希逸《泊舟渔浦望吴山作》

客子孤舟傍晓沙，隔江人说是京华。

缘山一带烟笼树，中有王侯百万家。

这首诗大意为：我乘孤舟停泊在渔浦，有人指着江对岸告诉我那里就是京城。靠山那一带烟雾笼罩之处，住着成千上万的王公贵族之家。

林希逸（1193—1271），字肃翁，号竹溪，福建福清人，南宋理学家，其所注解的《列子鬳斋口义》在东亚文化圈影响极大，尤其是在日本。

姚镛《夜发渔浦》

为亲从薄宦，不复计修程。

断浦迎潮别，孤帆带月行。

秋来江柳变，夜久水烟生。

前路犹淹泊，凄其赋远征。

薄宦，官职卑微。修，长。淹泊，滞留。

这首诗大意为：为家人生计而做卑微的官，不知道这样的宦途还有多长。月光下乘船孤零零出发，迎着潮水告别渔浦。秋天柳叶会变黄，夜深的时候江上水雾弥漫。很想在前行途中滞留，写一篇孤凄的远征赋。

整首诗写景、抒情都透露出凄苦的心境。

姚镛（1191—？），字希声，号雪篷，剡溪（今浙江嵊州）人，宁宗嘉定十年（1217）进士，理宗绍定元年（1228）为吉州判官，后擢守赣州，有《雪篷诗稿》传世。

释可湘《渔浦接待》

吴山那畔越山前，有饭充饥有榻眠。

到此纵能休歇去，帝乡犹隔一潮船。

这首诗大意为：往北看杭州在越山之前，渔浦的朋友管吃管住，我满足了。在这里休歇一晚，明天乘船去杭州还要走一天。

读诗可见，南宋时的渔浦确实是个舟行中转之处。

释可湘（1206—1290），号绝岸，俗姓葛，浙江宁海人。宋理宗宝祐元年（1253）初住嘉兴府流虹兴圣寺，宋度宗咸淳八年（1272），住福州雪峰崇圣寺，后退居杭州宝寿寺。有《绝岸可湘禅师语录》传世。

后 记

2021年底，有朋友了解到西泠印社出版社打算出版有关杭州宋韵的书，也知道我近年专注于杭州地域文化普及读物的写作，于是热情地做起了中间人，给我和西泠印社出版社“搭桥”，便有了这本《诗词里的杭州宋韵》的出版。

虽然这是我第一次在西泠印社出版社出书，但对这家出版社并不陌生。七八年前我曾经去西泠印社出版社做过专访，对这家出版社“专而精”的特色印象很深。近年收到朋友在西泠印社出版社出的书，很有精品的感觉。现在有机会在西泠印社出版社出书，也可以说是一种缘分吧。感谢西泠印社出版社领导的支持，感谢责任编辑陶铁其的认真负责，使得这本书能与读者见面。

司马一民

2022年5月

图书在版编目（CIP）数据

诗词里的杭州宋韵 / 司马一民著. -- 杭州 : 西泠印社出版社，2022.7（2025.1重印）
ISBN 978-7-5508-3817-8

Ⅰ. ①诗… Ⅱ. ①司… Ⅲ. ①散文集－中国－当代 Ⅳ. ①I267

中国版本图书馆CIP数据核字(2022)第111223号

诗词里的杭州宋韵

司马一民 著

出 品 人 江 吟
责任编辑 陶铁其
责任出版 冯斌强
责任校对 曹 卓
装帧设计 王 欣
出版发行 西泠印社出版社
（杭州市西湖文化广场32号5楼 邮政编码 310014）
经 销 全国新华书店
制 版 杭州真凯文化艺术有限公司
印 刷 浙江海虹彩色印务有限公司
开 本 710mm×1000mm 1/16
字 数 135千
印 张 12
印 数 1501—2500
书 号 ISBN 978-7-5508-3817-8
版 次 2022年7月第1版第1次印刷 2025年1月第2次印刷
定 价 108.00元

西泠印社出版社发行部联系方式：（0571）87243079